# 语言群岛图

命令式岛

不定式岛

发生海啸的海滩

虚拟式岛

词语商店

市政厅　　词语市场

例外办公

医院

词语城

欢迎登录 http://www.erik-orsenna.com
来到奥瑟纳的语言群岛

> 我愿意带着学生及其家长和老师,带着所有爱好语言和文字的人,在温柔的语法、刺人的音符、奇幻的语态和起舞的标点当中,探索语言王国的奥秘。
>
> ——埃里克·奥瑟纳

屋村

利先生的家

词语命名者的小屋

最重要的工厂

# 飞越疯人岛

(法)埃里克·奥瑟纳 著 彭怡 译

**Les Chevaliers du Subjonctif**
Erik Orsenna

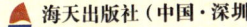
海天出版社(中国·深圳)

图书在版编目(CIP)数据

飞越疯人岛/(法)奥瑟纳著;彭怡译.—深圳:海天出版社,2015.9
(语言群岛探秘)
ISBN 978-7-5507-1440-3

Ⅰ.①飞… Ⅱ.①奥…②彭… Ⅲ.①中篇小说—法国—现代 Ⅳ.①I565.45

中国版本图书馆CIP数据核字(2015)第187161号

版权登记号　图字19-2013-175号
Les chevaliers du subjonctif
Erik Orsenna
© Éditions Stock, 2004

**飞越疯人岛**
FEIYUE FENGRENDAO

| 出 品 人 | 聂雄前 |
|---|---|
| 责任编辑 | 胡小跃 |
| 责任校对 | 陈少扬 |
| 责任技编 | 蔡梅琴 |
| 封面设计 | 蒙丹广告 |

| 出版发行 | 海天出版社 |
|---|---|
| 地　　址 | 深圳市彩田南路海天综合大厦　(518033) |
| 网　　址 | www.htph.com.cn |
| 订购电话 | 0755-83460293(批发)　83460293(邮购) |
| 设计制作 | 深圳市龙墨文化传播有限公司(电话:0755-83461000) |
| 印　　刷 | 深圳市希望印务有限公司 |
| 开　　本 | 889mm×1194mm　1/32 |
| 印　　张 | 6.125 |
| 字　　数 | 80千 |
| 版　　次 | 2015年9月第1版 |
| 印　　次 | 2015年9月第1次 |
| 定　　价 | 23.00元 |

海天版图书版权所有,侵权必究。
海天版图书凡有印装质量问题,请随时向承印厂调换。

没有虚幻之物的拯救,

我们将如何是好?

——保尔·瓦莱里①

---

① 保尔·瓦莱里(1871-1945),法国著名诗人,象征派大师,法兰西学院院士,主要作品有《旧诗稿》《年轻的命运女神》《幻美集》等。

致：

　　加布里埃尔、迪娜、阿尔芒、托马斯、阿尔封斯，"五十来岁"优秀团队。

坠入情网了。

世界上没有任何人，绝对没有，比坠入情网中的女人更可笑、更讨厌的了：她好像从早到晚都在笑，眨着眼睛，嘴巴微张。坠入情网的女人会不时脸红（也许那个可怜而可爱的女人想起了她觉得大逆不道的抚摸）。她有时也会露出痛苦的神情：那一定是她心中产生了妒忌……

可惜，这种脆弱不会持续太久。她的脸上很快就会重新露出王后般让人难以忍受的神态：千万不要惹我，更不要斗胆跟我说话。我是另一类人，高于其他所有人，因为我爱上了别人,也被别人爱上了。

坠入情网了。

这样的女人,迟早会成为我的敌人。你们还记得雅戈诺夫人吗?就是那个可怕的女督学,所有年轻的女教师都怕她。

这根老松针,干瘦、生硬、粗暴,难道她突然变成了乐口糕点①?那种让人恶心的甜点软得甚至能在太阳底下融化。

爱情的神秘和奥秘,别指望我能给你们解释,我不过是一个12岁的女孩让娜。我只能讲述,尽可能忠实、准确地讲述这个不可思议的故事。它把我带到了一个神秘的小岛中心(经过了多少转折和危险啊):虚拟式岛。

---

① 乐口糕点,一种阿拉伯香甜糕点。

# 第 1 章

.

在法国,酒吧是禁止我这个年龄的人进去的。但在这里,在这个岛上,酒吧没有门,而且也没有墙。沿着沙滩,一路都是酒吧。谁也不会在意像我这样好奇的年轻人。只需在沙滩上坐下,就可以听吉他、小号、击鼓和钢琴。同时也能看到,成年人喝了两三杯朗姆酒后会变得那么疯狂。

✽
✽ ✽

那天晚上，下课之后，我像平时一样，跑去我喜欢的那个酒吧——"情感货轮"，坐在我喜欢的那个座位，背靠着一团旧渔网，它淡淡的海藻味儿让我陶醉。我只要把耳朵凑过去，就能听到它轻声地讲述捕获虎鲨的故事。

我吃着最好吃的晚餐。那种小人国里的头盘，是西班牙人的天才发明，他们把它叫做"塔帕斯"，意思是"小菜"。味道、色泽和香味每一口都有变化，有时松脆，有时入口即化，让你惊奇连连，绝对吃不厌。小小的摊鸡蛋、小三明治、肉馅鲥鱼、深红色的火腿方……啊，用齿尖咬着块菰开心果小蛋糕！啊，两颊之间都能感到面裹油炸虾友好的温暖！

突然，雅戈诺夫人手里拿着文件夹，出现在小路上。她迈着机械的脚步，穿着变了形的灰色裙子，戴着一顶大草帽（用来挡哪个太阳？我们的太阳已经下山）。毫无疑问，她是我的敌人——可怕的女督学。她曾如此残忍地折磨我亲爱的罗兰老师，而罗兰老师是学校里最好的老师。我怕得浑身发抖。是不是噩梦又开始了？她是不是又要抓住我，把我关在她该死的学校里，关在她的那家让故事乏味、让语言枯燥的工厂里？我变小了。我有这种本领：能让自己消失。奇怪的策略：人们越看不清楚你，你便越看得清楚别人。

她突然停下脚步。

现在，她踮起左脚，就像一只苍鹭，她的肤色和动作都像苍鹭。她抓住右边的鞋子，剧烈地抖动着。也许是为了驱赶擅自闯入的什么东西。哪块石头如此胆大，竟敢伤害这位法国公务员的身体！就在同时，真是太巧了（或者是爱神的计谋），乐队的打击乐手达里奥刚刚在大鼓小鼓和锣、钹、铃后面坐下，突然，他看见前面有人踮着一只脚，正恶狠狠地跟一块找不到的石头过不去。这情景一定给了他灵感，他也挥动自己的鞋子——一只黄色荧光塑料平底人字拖鞋，另一只手则挥舞一个沙球。那东西像是空心的大头棒，里面装满沙子，能有节奏地发出"切基"、"切基"、"切基"的声音，可以给大部分赤道音乐配器。他的同事们还以为这是庆典开始的信号，纷纷扑向自己的乐器。顿时，音乐像海浪一样侵入了夜色。

后来，由于我的大调查（"什么叫爱情？"）所需，当我问达里奥是什么力量驱使他这样做的时候，他盯着我的眼睛，说：

"让娜，你会知道，有些人是不能让他们孤零零地待着的。"

苍鹭雅戈诺不知道该怎么办。她还是踮着一只脚，仍然挥舞着手里的鞋子，站得前所未有的直，不再往前走。我从她眼里看得出来，她的怒气消失了，一种巨大的恐慌代替了愤怒：天哪，我这是怎么了？都走不了路了。该怎么办啊？

这时，达里奥在对她微笑。我不相信世界上竟然还有这样的微笑：一种没有任何讽刺意味的微笑，它仅仅是想说"你好"；一种表示欢迎的微笑：欢迎来到夜间，欢迎来到音乐当中；一种善解人意、默契的微笑：没有那些可恶的小石子儿，生活将会变得更加容易，不是吗，夫人？

当然，这种奇迹没有持续太久。乐队注意到打击乐手和女督学之间这场无声的对话，已经停了下来。他们哈哈大笑，永远嘲笑同一个人，我们的达里奥："为了献殷勤，他什么都做得出来，真正的唐璜是不会穿海滨鞋的"；"达里奥，看得出来，那是你的新欢"；"天哪，你疯了，那样一副骨架，会把你擦破皮的，达里奥……"说着，他们也脱下鞋子，挥舞着自己的"耐克"或圣地亚哥靴子。不过，这是在向她说再见：饶了我们，夫人，去别的地方找吧！别害我们的达里奥了。

太晚了，木已成舟。

大家都熟悉的这种微笑，成了雅戈诺夫人的一个盾牌，让她刀枪不入。有了这种微笑，她什么恶言恶语都不怕了。达里奥的微笑成了她内在的力量、她的自由和她的盾牌。她不单没有被乐队的嘲讽和粗话所伤害，反而以让人意想不到的方式回敬了他们：用自己的身体来接收他们的音乐。

是的,那个女督学,我的敌人,简直就是铁板一块,现在却突然跳起舞来。哦,没怎么扭腰,也没什么动作,什么都没有,几乎什么都没有。只是,她的双腿难以察觉地动了动,手臂有节奏地抖了抖,脸上仍保持严肃的神情。我想,对她来说,能这样抖动,让自己抖动,已经是一件大胆无耻的事情了,无异于当众脱衣。

# 第 2 章

我的一生该如何度过?

我最喜欢做的游戏就是回答这个问题。

我想过所有的职业,各种各样的丈夫,各种各样的居住地,然后做了一个综合。我努力想象着这样一些关联的人生:

| 职业 | 丈夫 | 地点 |
|---|---|---|
| 脱毛师 | 暴力 | 格雷岛(塞内加尔) |
| 医生 | 太英俊 | 巴塞罗那 |
| 斗牛士 | 太臭 | 普卢巴兹拉内克① |
| 油画修复工 | 富有 | 大溪地 |
| 警察 | 羞怯得病态 | 图勒(格陵兰岛西北) |
| (等等) | (等等) | (等等) |

---

① 普卢巴兹拉内克,法国阿摩尔滨海省的一个市镇。

我就这样几小时几小时地考虑未来。

你是否注意到,"考虑"这个动词很美?我考——虑。我看着未来的脸①。

面对这个图表和我对这些词语的满腔热情,我哥哥托马斯嘲笑说:

"装什么装?女孩嘛,我们都知道,她们才不在乎职业呢!她们唯一感兴趣的是爱情。"

我当然要抗议了。我生气了,骂他,反驳他:

"你呢,你除了在家里修修补补,还有什么人生规划和理想吗?"

几个月前,他扔下心爱的吉他,不再出门,变成一个博学的疯子,不分昼夜地躲在车库里,在电线的丛林里穿梭。

"我什么都不会告诉你,女孩天生就藏不住

---

① 法语中"考虑"这个词第一人称单数由表示状态的介词 en 加 visage(脸)构成,故有后面之说。

秘密。"

"算了吧,算了吧!至少要有个目标……"

"我很快就会无所不能。"

"无所不能?没有别的了?小孩才想'无所不能'。"

"那我就永远当个小孩。别为我担心,我很快就会找到打开新世界的钥匙。在那个世界里,我们不再需要选择。"

一个看不起哥哥的妹妹,我怎么会寄希望于他能成功?

眼下,我只对一件事情感兴趣——我的大型调查:"什么是爱情?"

正如上生物课要解剖青蛙才能弄清其肌肉功能一样,仔细观察雅戈诺夫人的日常生活,给我带来了巨大的收获。

# 第 3 章

坠入情网了。

一个又矮又胖的男人和一个干瘪瘦长的女人,肩并肩坐着,面对大海,总是坐在同一个地方。

他们形成了自己的习惯。

雅戈诺夫人先到,十点钟就到了,每次都穿着新裙子,一天比一天花。她说了一声"你好",便在四块旧木板中间坐下。只有"货轮"的老板才敢把它们叫做"椅子"。她不会等得太久。达里奥已经出现在远处,像个巨大的气球,一个滚动着的蓝白相间的大气球。当他沿着旧船厂走过来时,才看得见他粗短的大腿。

这个时候，我们看见他几乎是在跑。

"你好！"

"你好！"

达里奥道歉说自己迟到了，他气喘吁吁地倒在另一张"椅子"上。不知出了什么奇迹，自从这两个人相爱之后，其他人好像都达成了默契，不再占用那两个位置。甚至连海鸥也从来不在那儿停留。

接着，什么事都没有发生。

然而，我们这些观众，却由于听他们说话而伤了耳膜，因为他们好像真的在说话，甚至在不停地说。他们俩一见面就开始说话，一说就停不下来。但这是一种特殊的谈话，一种没有语言的谈话。

**雅戈诺夫人坠入情网了！**

这件不可思议的事情很快就传遍了全岛，他们天天见面引起了众人的好奇。大家既激动

又敬重，谁也不想破坏这一奇迹。我们保持足够的距离，有的人甚至带着望远镜，想追踪这一罕见的，十分罕见的事情。

无言的往往是静止的爱情。人们有时能看见达里奥的右手悄悄地伸向未婚妻赤裸的背部。他也许是想搂她的肩膀，就像丈夫搂妻子一样。是想让她有安全感？可他的胳膊太短，毛茸茸的胖手停在裙子的两根吊带之间，然后抽了回来。

又什么都没有了。没有一句话，没有一个动作。我们这些看客厌烦透了：

"爱情就是这样的吗？"

"一点意思都没有。"

我哥哥托马斯最没耐心。

"显然，感情很可笑。我更喜欢电子产品。"

"别说蠢话。这一切的后面藏着秘密，我将继续我的调查。"

✻
✻ ✻

岛上的居民当中，谁经历过伟大的爱情？很多人吹牛皮，主动告诉我："我对爱情无所不知"，"我有过三次疯狂的爱"，"我和我丈夫相爱了50年……"我没有理睬他们，我有自己的主张。亨利先生，年龄最大的乐手，他在漫长的人生中，显然一切都经历过。他总是那么乐呵呵的，但我觉得这是假象，他灿烂的笑容后面，一定隐藏着关于过去的各种回忆，快乐和痛苦，以及爱情。

亨利先生不再离家。手指代替了他散步，它们永远在吉他的弦上旅行，等于走路。我久久地藏在门后面，听他即兴演奏。天终于黑了下来。现在，随着太阳这颗滚烫而吓人的大眼珠的消失，我感到自己又恢复了勇气。我敲了敲门。

"哦,是我们的让娜啊!欢迎欢迎。"

我很激动,忍不住马上就说:

"亨利先生,请告诉我,爱情是什么?"

"天哪,你怎么了?这样温柔的夜晚,竟问我这样一个严肃的问题……太残酷了,让娜!你想把一切都破坏了?"

他收起笑容,音乐也越来越慢。

"让我好好想想。那么多年了……"

他闭上眼睛,手指头不再拨弄琴弦,只用指头肚儿轻轻地碰一下。琴弦抗议了,发出刺耳的响声,它们在怀念刚才的音乐。

"让娜,靠近点。"

我立即跳起来,坐在地上,紧紧地挨着他,并抓住他的双手。

"对你,我不能撒谎。我有个秘密。"

我的心跳加快,此时,我似乎觉得,要是再失去什么,以后就找不回来了。

"让娜,我曾以为自己已经死了。在我这个

Les Chevaliers du Subjonctif 019

年龄，还有什么比这更正常的呢？后来……"

他站起来身来：

"让娜，我要再婚了。她叫……"

他用手指示意我把耳朵凑过去，然后告诉了我一个名字：

"……一个真正的瑰宝，一件礼物，你都想象不到。"

他眼睛后面的什么地方出现了一道光芒，我等待着。耐心等待。我怎么敢破坏这个被唤醒的梦呢？可我要继续我的调查啊！我想弄懂它。我最终还是把问题说了出来。声音很低很低，想让它进入他的耳朵却又不伤害他：

"亨利先生，没有人比你——这毫无疑问——爱情……究竟是什么？"

他又沉默了，沉默了很久，然后，突然向我转过身来：

"爱情就是一场谈话……"

他停下来，缓了一口气：

"爱情就是你只对她说话,而她也只对你说话。你将来会明白的!"

这微弱的声音,是白蚁发出来的吗?板壁那端的什么地方,有人在挖什么。什么小东西在挖洞,也许是想逃跑。但从哪儿逃呢?又逃往哪里?

"亨利先生,我可以再问您一个问题吗?"

亨利先生用食指在嘴上画了一个十字,又弹起吉他来。

# 第 4 章

"一,二,三;一,二,三……动起来,夫人,腰扭起来。你就像一根棍棒,动起来,开心一点,一,二,三,嘴上要笑,身体要笑,你的身体太僵硬了!"

在落地灯的灯光下,两个女孩神情严肃地在教雅戈诺夫人跳萨尔萨舞①。雅戈诺夫人板着脸,紧攥着拳头,使尽浑身解数,却还是跳不好。"货轮"的老板埃米里奥和我假装看着别处,免得让她感到更加尴尬。

这时,来了几个穿黑袍子的人。

---

① 萨尔萨舞,流行于上世纪60年代末的拉丁爵士舞。

首先是两个，后来又来了三个，手里拿着纸张和奇特的红皮书，开本很小但很厚。黑袍们没有丝毫的犹豫，径直向正在学舞蹈的雅戈诺夫人走去。

"糟糕！"埃米里奥低声地说。

"怎么了？"

"你都看见了，他们回来了。"

黑袍们把女督学围了起来。

"您是雅戈诺·阿芒蒂娜夫人吗？"

"谁告诉你们我的名字的？"

"您以后再也没有什么可担心的了。"

"我们来了。"

"帮助你经受可怕的考验。"

那两个舞蹈教师开始不耐烦了：

"还跳不跳，夫人？"

"身体柔软是要靠练的。"

"您先告诉我们，那是些什么人？"

黑袍们欠了欠身：

"维勒沃尔德律师事务所的,来为您效劳。"

"我是婚姻事务所的后悔大师。"

"我是转让与继承事务所的缝补大师。"

黑袍们一一介绍了自己的身份和特长,但我还是不明白这群人是干什么的,不知道他们究竟想干什么。"货轮"的老板悄悄地给我点拨了一下:

"他们是律师,让娜。以前,他们从事世界上最有用的工作:律师是保护弱者和被攻击者的。现在,由于内克罗尔关闭了法庭,他们没事可干了,生活无着,于是故意制造一些威胁,以保护客人。听听他们怎么说吧!"

"我的事务所和我本人对您的勇气表示祝贺!"

"什么勇气?"

"爱情是我们今天最危险的事情。据我们得到的消息,您以让人佩服的勇气投入了其中。您做得对,人只有一生,对吗?身体应该得到愉悦！继续勇敢大胆地爱吧，夫人！我们是来帮您的。可惜……"

"您说什么？"

"别弄错了，亲爱的夫人……"

"我不是你们亲爱的夫人。"

"我们祝您幸福美满。可惜，统计数字非常残酷：一半婚姻最后以离婚告终。"

"滚，走开，快滚！"

"至于沙滩上的爱情……那种爱情是不能持久的。"

"滚蛋！否则我让你们后悔莫及。"

"我理解您的这种反应，夫人。谁能保证爱情到了最后一定会让人心情愉快呢？不过，您只需知道，分手的时候，有我们来帮您打官司。"

"如果您的达里奥……"

"因为有个叫达里奥的人。您看，我们的消息很灵通……"

"如果您的达里奥——但愿不会发生,但要以防万一……"

"如果他开始欺骗您……"

"假如……太恐怖了,但什么事都可能发生,假如他打您!"

那些黑袍人围着雅戈诺夫人转,像黄蜂一样——叮咬她。

"如果他胆敢……音乐家都是骗子,他可能垂涎着您的固定工资……"

"如果他到了那种地步……"

"是啊,如果他偷您的钱……"

"那么,这个达里奥就要付出代价。相信我们,我们会让他要付出沉重的代价。"

"请相信我们,我们是行家里手。我们已经有照片,有证据。"

"看!您只要在这份合同的下方签名,无需任何定金。"

这太过分了!"沙滩上的爱情",那是她的

初恋，是唯一的，海枯石烂心都不会变！那个如此温柔的打击乐手，他会是个强盗？雅戈诺夫人给了离她最近的那个黑袍人一记耳光。一阵风刮来，吹走了那三页该死的合同。

那群人生气地消失在黑夜里的时候（不能再待在那儿……否则就要……挨揍，会受伤），雅戈诺夫人重新开始练习。右脚，左脚，右脚，左脚，停；右脚，左脚，右脚……她瞒着达里奥在偷偷地学习萨尔萨舞，想给他一个惊喜。在一个美好的夜晚，走到舞池当中，以自己的节奏感和优美的舞姿吸引他。让人感动的雅戈诺夫人，谁也改变不了她。在任何事情上，包括爱情，她都很用功。努力了又努力。

✳<br>✳ ✳

后来，雅戈诺夫人见到恋人的时候，还气得浑身发抖。

"亲爱的,您想得到吗,那些律师竟然那么大胆!向我,向一个督学,一个国家公务员推销起产品来了!"

她握紧拳头,好像还想打人。她眼皮直跳,双唇颤抖,赤裸的双臂上出现了大块大块的红斑。

"他们得到了教训。相信我,他们不敢这么快就回来的。什么时代啊!太无耻了!简直比蝗虫还讨厌!"

达里奥在她旁边小跑着:"哎,阿芒蒂娜,冷静点,哎,阿芒蒂娜。"跟一个正在气头的人是无法进行谈话的,关于爱情的谈话,也就是大家所说的谈恋爱。

"我恨透了条件式!"

"我完全同意,阿芒蒂娜,我闭着眼睛跟您走。不过……您能给我解释一下吗,为什么那么讨厌条件式?"

"条件式从来,从来不能给人以信任感。

它总是想象着与事实相反的事情。达里奥会不再爱我,达里奥会对金钱感兴趣,母鸡会长牙齿……"

"太可怕了!阿芒蒂娜,您说得很对。取消条件式!我们可以发起请愿吗?"

"我爱您,您也爱我,对吗,达里奥?"

"当然啦,阿芒蒂娜。"

"那好,在我们之间,除了现在式,现在进行时,其他时态都不存在了。"

"阿芒蒂娜,您有时使用的语言很滑稽,这也许是您的职业造成的。不过,我支持您。现在进行时万岁!"

"达里奥,我在想……"

"想什么?"

"我们是不是可以不以'您'相称了?"

# 第5章

那天晚上,我很晚才回家。我第一次发现,画在墙上的那幅小连环画,会引起那么大的暴力。

这些埃及图案到我们这个岛上来做什么?

# 第6章

我再次去"货轮"进行我的调查。仔细地把手指擦干净之后(没有比"塔帕斯"更好吃的东西了,但也没有比它更油腻的了),我再次掏出了我的蓝色笔记本,那是我亲爱的同盟,

我的密友。为了不让自己睡着,我这样鼓励自己:"我的小让娜,爱情是什么? 也许就是黑夜,或者永远不是。好好看着,你最终会发现巨大的秘密。"

※
※ ※

"对不起,小姐,您不会得到任何结果的。"

谁在跟我说话? 谁在这么低声地跟我说话? 这声音来自下方,是成年的人声音。是谁呢?

"我也试了十多次。我个子小,可以到处钻。但对于情侣,毫无办法,他们的世界密——不——透——风。"

谁在跟我说话? 这声音跟亨利先生的声音像极了。这回,我毫不犹豫地低下头,终于看见了他。一个小男孩。一个满脸皱纹的老小男孩,身高绝对不超过一米五,年龄肯定超过40岁。他的下巴上长着小胡子,这让他看起来一副鬼模样。一个微型魔鬼。他穿着横纹的针织毛衣和百慕大红短裤。

"您是谁?"

"岛上画地图的。"

"能再说一遍吗?"

"我画从高空俯瞰的大地。"

"您是在嘲笑我?"

这我承认,我不该这么咄咄逼人,简直有点不礼貌。但一个可以说是侏儒的人能俯瞰到什么呢?

"如果您对我的职业感兴趣,我明天来找您。"

"为什么这样好心?"

"因为,据我观察,我们俩得了同一种重病:好奇病。您是否知道'curieux'(好奇)这个词来自拉丁文'cura',意思是'关心'?让我们为我们的缺陷自豪吧!好奇,就是关心。关心世界及其居民。我明天上午去您家。"

就在我要开口谢他的当儿,他已经消失了。

# 第 7 章

没有什么比一个美好的晚上更能让人睡个好觉。前一天晚上，我哥哥请我吃饭，这是少之又少的事，吃石斑鱼串烧、椰子一口酥。然后，我们去打搅埃拉——一个圆圆胖胖的邮递员。多谢她：紧急情况下，不管是几点钟，她都会为我们打开她办公室的门。没有人比她更懂得摆弄岛上的电话。不过，那几个带摇柄的大盒子，都应该进博物馆了。

"让娜、托马斯，你们的母亲在一号房间。把口香糖吐掉，说话要清楚，线路质量不好。"

"现在，美国接通了。我是说接通你们的父亲了。二号间。要他给我们寄些爵士乐来。"

跟父母通话之后怎么能不睡个好觉,睡个长觉?我们觉得他们近在咫尺,虽然远隔重洋。

✻<br>✻ ✻

"你终于醒了!早上好,让娜。我开始担心了。你好像喜欢睡觉。你去吗? 千万不要辜负了好天气。"

他那种敲门的方式,像轻拂,像抚摸,我完全可能听不见,一直做梦到中午。

我的新朋友,他站在那儿。那个矮小的画地图的人,穿得跟昨天一样。同样的条纹针织毛衣,同样的百慕大红短裤,背着一个比他的人大两倍的纸板,上面画着图画。

"走,我带你去飞机场。穿得暖暖的,那上面可能很冷。你有 PA 吗?"

"什么 PA?"

我让他重复了两次,才胡乱地回答说,我非常健康,前天才看过医生。

"PA,让娜,就是高度许可证。没有它,你就不能飞。"

"现在坐飞机要高度许可证?可我并不想当飞行员!"

"这个许可证不但开飞机必须有,爬上我们的山顶也要有。"

"你是在开玩笑?"

"这是我们的终身总统内克罗尔的命令。"

"他上个月下令烧毁所有的船只,现在,他又强行要高度许可证!这次,天哪,他昏了头脑。"

"一点都没有,让娜。我们的独裁者越来越讲逻辑了。船是什么东西?一个自由的生命。船可以到处走——海上没有路。"

"我明白。"

"船无疑是憎恨自由、憎恨各种自由的独裁者的敌人。"

"就船而言,你说得对,内克罗尔很有逻辑。但是高度,禁止高度……"

"你觉得,高度,飞机的高度或山的高度能给我们以什么礼物?"

"我不知道。视野,最佳视野,看得更广,

更全……"

"说得对!这种开阔的视野,独裁者不能忍受。视野开阔了,便会引发批评。对他们来说,任何批评都是不能接受的。"

"现在我明白了,为什么士兵们不让大家走山上的那条路。你知道,那条路通往手指山和双乳峰!"

"说得对!情侣们去那里追寻梦想。有的在温情之余,忍不住去看看别人从来没有看到过的东西:简陋的小屋!警察训练场!众多的监狱。那些人当中的某些人表现得很不礼貌,他们愤怒了,从此,人们就再也没有见过他们。"

"真倒霉。我属于反叛一类。我绝不会有PA。"

"别担心。我认识负责发放许可证的某个官员。他跟我一样,也是个地理爱好者。发烧友之间大家会互相帮忙。这事由我来安排。"

他说到做到。一小时之后，我的口袋里就装有了那份珍贵的文件。

※
※ ※

他走得很艰难，因为纸板太大。迎面而来的风让他很难往前走。狂风中，他只能侧身而行，但笑容一直没有离开他的脸。

"风很大，是吗？你能帮帮我吗，让娜？"

我感到他抓住了我的手指，他的小手消失在我手中。我非常感动，我在保护一个成年人，不让他被风吹走。

"你一直都在画地图吗？"

"我起初是职业赛马骑师，像所有的小矮人一样。没有什么特别的，人们总是建议我们干那一行。"

"你喜欢那个职业？"

"我没有那方面的才能，或者说我的坐骑没

有运气。总之,我每次都落后。最后,我终于厌烦了,眼前总是其他赛手的屁股,香气就不用说了。那种臭屁的味道你们都想象不出来,十匹马一起放。"

"那你又怎么想起来要当地图绘制员的呢?"

"一天,我在家里偶然爬上楼梯换灯泡。我看着下方,似乎第一次看见我最好的朋友:那张可爱的、又旧又油腻、已经被磨破的红地毯。我从小就在上面玩,流口水、爬、跑、睡觉、玩牌或玩军棋。我对它了如指掌,熟悉它的每一毫米,任何一个印痕我都知道得清清楚楚。北边的那个角,有两根羊毛细线,一根是红的,另一根是蓝的,细线之间黏着一块很小很小的香口胶,都几百年了。突然,这些东西整个儿向我扑来。我听见它对我说:'你认识我很久了。你觉得我身上的图案怎么样?'我赶紧爬下梯子,跑到房间里,回来时手里拿着纸和一支铅笔。那天剩下的时间,我便靠在摇摇晃晃的梯子上,背卡在天花板上,人却越来越兴奋,我试图把我看见的东西都复制下来。

"画地图真的会带给人幸福……"

"你自己试试就知道了。那个时候,我感到自己征服了世界。它变得更加温柔、更加平和了,收起了自己的獠牙和刺头,轻声地呜呜叫着,很满足地待在我的纸张上。"

"你说得对。我要试试。"

"之后呢,你会发现,你睡得很香。没有什么比线条更能哄人入睡了。"

# 第8章

所谓的机场不过是一小块沙滩,上面有座小茅屋,一个红色的油泵。一架小飞机等在那里,螺旋桨已经转动。但地图绘画师却朝一个棺材似的白色长条物走去,那东西上面有两个巨大的翅膀。那是一架滑翔机。

它就像小男孩喜欢的死亡机器。我发誓,我绝不会把我以及我父母在世界上最宝贵的东西,即我的生命交给他们。我浑身发抖:

"我不会到那里面去。我太热爱生命了!"

"随便你,不过先听我解释。"

哪个真正的好奇者愿意失去一场大戏呢?

另一个矮小的,十分矮小的男人从茅屋

里出来，边走边揉眼皮，也许是刚刚被我们吵醒。他走路的姿势很滑稽，一蹦一跳的。他赤着脚，但穿着一件灰色的丝绸上衣，上面有个红十字。

"那是谁？"

"让-吕克，我们的飞行员。他以前跟我一样，也是一个职业赛马师。不过他总是忘不了过去的职业，老戴着他前一家公司的帽子。"

"这么说，滑翔机里只有赛马师？"

"要是飞机上没有马达，那就越轻越好，尤其是如果飞机上坐三个人。你决定了吗？"

我没有犹豫太久。我得向你承认，我天生胆小，一点点事情就会让我害怕得发抖，但我的好奇心总能战胜我的胆怯,所以再疯狂的历险我也敢去。我往前一步。

"太好了,让娜!我从来就没有怀疑过你。不过,但愿你没有吃太多的早餐。"

"只吃了一个芒果,我不想让你久等。"

"我们会核实的。去,走到那把天平上。"

我刚才没注意到还有天平:一块方木板,上面放着一个圆形的表盘,像钟一样的东西。不同的是它不是表示时间,而是重量。我们三个人都站了上去,我站在两个赛马师中间,高出他们整整一个头。

"屏住呼吸。"

指针很快就超过了100,然后犹豫了一下,正好停在120之前。

"你口袋里没有什么东西吗?"

我不情愿地扔掉了装着沙的瓶子,那是我收藏的,一直不离身。

"118公斤。"

"你觉得怎么样，让－吕克？"

"根据今天的天气，应该可以。"

"那就动身吧。"

"不带降落伞吗？"

"没用的，让娜，我们会飞得很低。而且，大部分时间都在海面上。不过，我得教你一点东西，一个电码。为了给你定位。"

"你说吧！我可不喜欢失踪。"

"对于飞行员来说，天空的划分就像一个钟表盘。正对着我们的是12点；我们的背后，是6点。"

"明白了。"

"我们会核实的。你的右边怎么说？"

"等等……我知道了：3点。"

"很好！"

"这太滑稽了：想知道'在哪里'，却要回答'几点钟'。"

"你说得对。在空中,时间和空间也许是密不可分的。"

※
※ ※

在小飞机的牵引下,滑翔机很快就离开了地面。不一会儿,我们就松开了牵引绳索,升到了空中。

我不想向你说谎:初次飞行,整个过程中

我都很慌张。飞机颠簸得很,剧烈抖动,甚至跳得很厉害。我的额头紧紧地抵着有机玻璃面罩,但是没用,我只看见蓝颜色在打架,天空的靛蓝与大海的淡紫色在搏斗。我不敢确定,也许是相反。哪儿是上,哪儿是下,怎么能知道呢?

地图绘画师从他大大的褡裢中掏出一个本子,开始削铅笔。

※
※ ※

"天哪,又出什么事了?"

我浑身发抖。

滑翔机开始爬升,爬升,像是被摩天大楼的电梯提起来似的,快得让人昏眩。

两个赛马师开始嘲笑我了:

"啊哈,我们的让娜好像心里不太踏实。"

"别害怕,小姐,这不过是爬升,碰到了热

气流。"

"而且,你要感谢气流,看看它给我们展现了多美的画面。"

我们的白鸟平稳了下来。我慢慢地、小心地弯下腰,从那么高的地方看着群岛。为了更加确定,我用手指数着。如果没错的话,应该是五个岛。

"让娜,我给你介绍动词变位岛。"

"动词变位?太恐怖了!这是我最讨厌的东西!"

"别说蠢话了,让娜。动词是一个非常有趣的族群。给动词变化画地图,这就是我这个月的工作。"

"所有的动词变位?"

"所有的动词变位。必须承认,已经谁都不认识它了。你愿意成为我的助手吗?我的眼睛不够亮。"

"那我的调查怎么办?"

"你关于爱情的大调查？来几场小小的旅行，只会使它的内容更丰富。爱情就是一场散步，让娜。"

※
※ ※

现在，大家都祝贺我。我的名字出现在教科书上，"让娜协同绘制了动词变位"，"让娜，语法学家－飞行员"，等等，等等。事实上，我从来就没有回应地图绘画师的建议。滑翔机抖动得那么厉害，它好像把我的心都要挖出来了。当你的心被人挖掉的时候，你怎么能说话，哪怕说一个最短的句子，一个字"是"呢？

我做了一个鬼脸，地图绘画师一定是把它当作是我同意的表示了。

我就是这样不由自主地成为国民教育部的名人的。

这时，我又一次差点晕过去：滑翔机朝第一个岛俯冲下去。

"开始，让-吕克，干活！"

"好的，头儿！"

## 第 9 章

"拿着,让娜,这是望远镜。告诉我看到了什么。请从右往左讲。讲慢点,让我能够画下来。千万不要忘了细节。细节是最重要的。"

我的额头靠着舷窗。

下面好像是个巨大的狗窝,你知道,在有些城市里,动物保护组织会接收流浪狗,然后让来访者领养。只是这里的狗是马达,成百成千的马达堆在四个用围墙围起来的地方,三个很大,一个小一点。各种各样、各种尺寸的马达,有的马达还在转,像被关起来的牧羊犬一样吵,呻吟着,吼叫着。

"你们把我带到了哪里?我可是一个正常的

女孩，我不喜欢机械。这个垃圾成堆的地方是哪里？倒卖零件的地方？我们赶快走。我已经闻到令人恶心的油腻味……"

"别这么冲动，让娜，好好看清楚。那些马达就是动词，所有可能存在、可以想象出来的动词。从来没有人告诉过你，推动句子前进的是动词吗？是动词给它以生命、促使它运动吗？'让娜金发男孩'，不通嘛！'让娜引诱金发男孩'，这才可以。"

"好像……在这个封闭的地方，也就是在我们下方，是我弄错了，还是所有的动词都以'er'结尾？Chanter（唱）, arriver（到达）, pleurer（哭泣）……"

"很好，让娜！"

"左边的动词全都以 ir 结尾，rougir（脸红）, partir（出发）；右边，山坡那边，你可以核实，全都以're'结尾，vendre（售卖）, attendre（等待）……"

"好极了！你已经明白了分类方式。"

"我们征求过它们的意见吗？我是指动词，它们对这样的安排是否乐意？"

"你这是什么意思？"

"根据结尾、大小或你们尾巴的颜色排列……你们愿意吗？"

"让娜！"

可怜的老骑师！他们好像不知道现在的女孩都是些滑稽的动物。她们爱打听秘密，会在半夜里起来在电视上看热辣的片子。我让他们先歇一口气再问他们问题。

"第四个围墙里是什么东西？好像有些乱七八糟，不是吗？为什么'payer'（付钱）和'acquérir'（获得）同属一队？为什么把'mouvoir'（动）和'conclure'（作结论）放在一起？"

"让娜，这是一些问题动词，变起位来跟别的动词不同：Je meus, il meut, nous mouvons, tu

mus, vous mûtes（我动，他动，我们动，你动，你们动）……"

"这种状况让人担心。"

"j'acquiers, vous acquîtes, ils acquerront（我得到，你们得到，他们将得到）。"

"谢谢，我头都大了！"

"人们决定把它们单独放在一起，免得影响别的动词。想象一下，如果每个动词都这么任性，那会怎么样？现在就已经够复杂了，你不觉得吗？"

"可这究竟是什么岛呢？"

"你没猜到？"

地图绘画师在埋头画图，没有听我说话。他每画一笔都吐一下舌头，就像一个用功的学生。让-吕克利用这个机会轻声地回答了我的问题。

"让娜，那是不定式岛。我们正在不定式岛上空飞翔。"

"这个岛为什么要起这个名字?"

"让娜为什么要叫让娜?有时候,我们找啊找啊,强迫它们回答,可有的词就是不透露秘密。就是这样。"

我不是那种会轻易放弃的人,我开始大声地思考,我推荐这种我常使用的办法。思想被封闭在大脑里是会缺氧的,它从嘴里跑出来,投入到空气里之后,无疑会呼吸得更好,变得更加清晰。

"不定式当然来自不确定,不确定就意味着一切。所以,如果动词是不定式的,它便具有一切可能性。"

"说得太好了,让娜,非常有道理。"

地图绘画师用牙齿咬着铅笔,用手指头鼓了鼓掌。

"以前,在内克罗尔发出禁令之前,让娜,你会看到到处都是船,数十只船。它们来做买卖,买所需的马达,净身马达。然后,根据它们的用途给它们穿上衣服。"

"穿衣服？人们现在要给马达穿衣服？我是说动词。"

"你去打网球和到北极散步，肯定不会穿同样的衣服，是吗？动词也一样。如果要用它们去未来旅行，我们就用裸体动词……"

"等等，让我来翻译一下。裸体动词，意思是……不定式动词。"

"……正确。我们给它以现在时，第三人称单数形式：chante（歌唱）。再给它添加几件未来的衣服：rai, ras, ra，便成了'Je chanterai'（我将唱）、'tu chanteras'（你将唱）、'il chantera'（他将唱）。同样，如果动词要回到过去，就要给它穿上过去的衣服，'chanter'成了'chantais'，我们给它的手指罩上了东西；或者'chantai'，我们给它戴上手套……"

"可是，自从内克罗尔上次发神经之后，动词再也没有用了？再也没人来找它们了？"

"正因为如此,它们才低声抱怨,让娜。甚至生气了,险些反抗。"

几分钟前,我们的飞行员就在座位上坐立不安了,他急着等讲解结束。

"头儿,不定式你们还要谈多久?"

"怎么,已经坐不住了,让-吕克?啊,这些越障骑手,从来就不能好好地待在自己的位置上。"

"头儿,想想你要越障骑手干什么吧!他们习惯嘲笑人。我只是想通知你,我缺少升力。要么,我就试着往左边十点钟左右的方向爬升,要么你给我指定一个空地降落。"

我害怕起来。降落到哪儿?没有一平方厘米的空地。马达占据了所有的地方。而且,它们激动成那个样子,我们可不要对自己的能力估计过高。一旦到达它们的地盘,它们就会进攻我们,吞噬我们。

多亏了气流!就在最后一刻,它又把我们

抓在掌心，把我们从贪婪的动词那里带走了。

"一切都好吗，头儿？画完地图了？"

"收获令人满意，但我们还得回去。让娜，你是千里眼，你看见那些懒惰的不定式了吗？"

"你说什么？"

"我来翻译一下：我说的懒惰者，就是那些不定式动词，它们觉得当动词太累了，要换职业，希望变成名词。名词比动词的工作要少很多。"

"你能给我举个关于懒惰的不定式的例子吗？"

"Le savoir（知道），le sourire（微笑）。"

"头儿，我们现在去哪儿？"

有件事情越来越清楚：让-吕克不喜欢我和他的老朋友，也就是那个地图绘画师聊天。很明显：他妒忌了。我刚刚明白，身体的高矮与感情强烈与否没有任何关系。也许恰恰相反?

身体越小,感情越强烈,包括妒忌心,因为受到压缩,所以格外强烈。我得施展我的外交才能,否则会与飞行员发生严重的冲突。如果你是一个乘客,千万不要跟他过不去。

# 第 10 章

"现在,航向:190,去:疯人岛!"

"什么样的疯子?"

"这个嘛,我们要给你一个惊喜。你不会失望的,地图绘画师向你保证。哎,让-吕克,气象预报怎么样?"

"旋风,那里总是这样。"

那里的居民疯狂到什么程度,竟然强大到能搅乱空气?毫无疑问,这个新的目标让我感到很担心。况且那里的景色很壮观:一群小山,十分陡峭,垂直入海。

我的两个伙伴又没完没了地聊起过去赛马的事了——还有什么比赛马更高贵、更荣耀的运动呢？逾越障碍还是小跑？勇敢地跳过篱笆和小河，还是聪明地保持一身肌肉，让自己跑起来更好看？他们把我忘了。我睡着了。最好预先告诉我未来的丈夫（还在寻找当中）：如果你把我忘了，我就睡觉。马上就睡，不分场合：不管是在桌上、课堂上还是沙滩上……当我对别人来说不存在的时候，我宁愿睡觉。他至少也要把我抱在怀里，送给我一场我梦想中的电影，为我一个人而放。如果我未来的丈夫不愿与旱獭一起生活，那就让他永远不要在意我。谁听明白谁得利！

✻<br>✻ ✻

一个吼叫声把我惊醒，随之很快又有数十人在叫：

"向后转！"

"马上降落！"

"报上你们的姓名来!"

"飞行员,你小心点!"

我重新睁开眼睛,地图绘画师微笑着对我说:

"你想见识一下这些人有多疯狂吗?现在就是了,他们会不停地下命令。从早到晚,不管什么事。他们的毛病叫做命令式,他们全都把自己当皇帝了。人们曾试着给他们治疗过,用洒水飞机给他们浇灌冰水;往他们的朗姆酒里倒强力镇静剂。但全都徒劳,谁也无法减轻他们疯狂的命令欲。至于我,对不起,我忍受不了。"

他在拿起速写本之前,用两个蜡球使劲塞住耳朵。那么用劲,都快塞到大脑里面去了。

"如果你够胆就下来!"

滑翔机现在靠近地面了,我可以看清那些嘈杂声是从哪里发出来的了:好像是一场化装舞会。每座小山,从下到上,无数男男女女、老老少少，化装成威风凛凛的人物：戴假发的法官；带武器（注射器、手术刀、听诊器）的医生；警察一脸凶相，抚摸着警棍；神甫、毛拉①、犹太教领袖挥动着手里的圣书；穿着战斗服的士兵；旧式教师，穿着灰色的上衣，手里拿着长长的尺子……

每个人都用手指着我们，大声地发号施令，挥动着手上的工具：喇叭、漏斗、水管、通气管。少数几个没有出声的人也同样专横，他们在灰尘中疯狂地写着什么，或挥舞着木牌：

"画地图的人，滚蛋！"

"老家伙，来吃中饭吧，千万别忘了带那个小妞过来！"

其他人用火把发送灯光信号。有时短，像是点；有时长，像是半字线：-..-..。

---

① 毛拉，穆斯林对伊斯兰学者的尊称。

"他们这是想弄花我们的眼睛。"

"不对,看!他们在跟我们说话,更明确地说,是在跟我说话。用莫尔斯密码。"

"你懂莫尔斯密码,让娜?你让我们刮目相看"

"别说话,让我集中精力。点,线,点,点。点,线。'在……'"

我的本领可大了。"在饭桌上,孩子们轮到自己才能说话,可怎么也轮不到自己。"这是家庭规矩。于是,为了继续我们没完没了的谈话,托马斯和我便轻轻地敲打起来,叉子敲打着杯子,套餐巾的小环敲打着盐瓶。可怜的父母!他们幸亏没有学会这种语言。如果他们听懂我们说什么,他们死一千遍的心都有——耻辱、愤怒、惊恐、失望……当父母发现自己的教育毫无用处的时候,他们会痛不欲生。

"好了,让娜,告诉我们,那些可爱的家伙,他们对你说些什么?"

"那些活让我脸红!"

"让娜,别忘了你是在执行科研任务。你得告诉我们你所看见的东西,所有的东西,原原本本。"

"'小姐,给我们看看你的奶子'。"

"我敢肯定,他们一天到晚都在想这事。"

"还有,'脱掉你的短裤'。"

"啊,这些粗鲁的人!"

"还有……"

"别说了,让娜,够了!"

✼<br>✼ ✼

尽管有气旋和气潭,但作为一个有经验的飞行员,让-吕克还是绕着山一遍遍盘旋。

"哎,让娜小姐,你喜欢我们的命令式吗?"

我出神地看着命令式那般激动、那般严肃

的神色，以及他们满是皱纹的额头和突然而至的愤怒。这种愤怒很快就变成了争吵，因为他们的命令互相抵触，当然是这样。拿破仑怎么能接受另一个拿破仑的命令呢？

警察和法官最后动起手来，互相揪住对方，在斜坡上翻滚。如果不及时起来，他们就会掉到海里去。看到他们大眼瞪小眼的样子，毛拉和女医生也不失时机地学他们的样子。地图绘画师大声叫道：

"看够了吗？"

我点点头。他朝我笑笑：

"我敢肯定你不喜欢，但毕竟要经过这个地方。飞越了这个岛屿，我们对这个世界的现实就看得更清楚了。好啦，让－吕克，让这些人自己打架去吧，我们回家。"

"头儿，头儿，我们忘了什么事。"

"什么事？"

"我跟你一样不喜欢命令式，但我还是……"

"噢！我昏了头了。谢谢，让-吕克！就算我刚才错了！作为一个画地图的人，不该掺和什么事。我们去跟这片岩石上唯一的文明人打个招呼吧！"

滑翔机一侧身，离开了那些不友好的山。回去之前，我们飞越一个竞技场上空，那里的一切似乎都很平静。大海澄澈，沙子白净。那些扇状的棕榈树被人们叫做"游客树"，因为口渴的人总能在它们的叶子之间找到饮水。突然，好像发生了奇迹，旋风停止了，应该说，在我们的下方，格调完全变了。

再也没有人发号施令。一群人在建造独木舟。每个人都心平气和地提出自己的建议和技术主张：前部不要挖得太深，那里受海浪的冲击最大；把你的锯子磨得更快一些，这样用起来会更容易。

两个男人跪在地上祈祷：

"上帝啊,感谢赐予我们这样的美景!上帝啊,让我们享受您的爱!"

稍远处,一个很年轻的姑娘在求一个足球运动员(穿着阿迪达斯的球鞋、里尔的短裤):"别离开我,再给我一个机会吧!"

"哎,让娜,你听见他们说什么了吗?"
"这也是命令式?"
"温柔的命令式。什么都有,让娜。"
在村里的广场中间,有个穿着黑色裙子的矮个子女人在唱歌。她的声音直上云霄,笔直笔直的,傲慢得就像无风的日子里的一团火。

来吧来吧,米罗德,
坐在我的桌边来,
没见外面多么冷……

米罗德是谁?那位夫人所说的寒冷又是怎

么回事？天不是很暖吗？

> 别扭捏了，米罗德，
> 放松自如随便点儿，
> 你的痛在我心里，
> 你的脚在椅子上……

太滑稽了！但毫无疑问，这也是一种友好的命令式，一种善意的命令式。

我很想知道最后的结局：米罗德怎么样了？但地图绘画师急了：

"现在我们要回去了，让-吕克，回老家！"

"试试看吧，头儿。"

"什么，试试？我们不一定能回我们的小岛？"

几个小时前曾产生过的恐惧又回到了我身上：那只看不见的动物又抓住我的肚子，爪子从两边的肋骨之间伸进去，重新在里面翻江倒海。

"让娜，一架没有马达的滑翔机，完全取决

于气流。"

"别担心,让娜。我们的让-吕克对这些云层了如指掌。"

"对了,我们那个小岛的名字,直陈式(Indicatif)①,这个名字会是从哪儿来的呢?'Indicatif',与警方的眼线有关,与告发同伙的流氓有关,还是与铁路指南,也就是火车时刻表

---

① 法语中的 Indicatif 有多种意思:"直陈式"、"广播电视预告曲"等。它改变后缀成为 indicateur,又有多种意思:"告发者"、"指南"等。

有关？是谁这样给我们的语法术语起名字的呢？"

"我不知道，让娜。不过，别担心。"

"Indicatif！我们就不能选个更明确的名字吗？"

"别老是对什么都有意见，让娜！Indicatif也是一种音乐，它在广播中预告你喜欢的节目。你知道吗，在非洲，'indicateur'指的是一种鸟①，它能把全家都吸引到蜜蜂窝里去？由于它，大家才能享用蜂蜜。"

※
※ ※

我们在直陈式岛屿上空盘旋又盘旋。当然是为了找到合适的气流，让它把我们抓住，然

---

① 指响蜜鴷，这是一种奇特的鸟，它发现蜂窝时会发出叫声，吸引蜜獾或人类跟着它找到蜂窝，等蜜獾或人类把蜂窝破坏后，再吃他们留下来的蜂蜜和蜂蜡。

后轻轻地放在机场的沙滩上。我们越过了过去时地区，那里总是薄雾缭绕。我们也飞过了未来时地区，那里的雾就要浓多了，无法穿越。我们一圈圈地盘旋，终于接近了我们的目的地，我们生活的地方，现在时地区。已经能看清沙滩和沙滩上的五个酒吧了，其中就有亲爱的货轮酒吧。我们也看见了市政厅，举行婚礼的地方，还看见了词汇医院屋顶写着的大大的红十字。

可是，那些绿色和黑色污迹是怎么回事？几乎到处都是，就像是碗碟忘了洗之后所产

生的霉斑。我们的小岛受到了什么诅咒,得了什么皮肤病?再仔细看看,那绿色的,是吉普车、卡车,甚至还有两辆坦克,大炮对着杜桑·卢维杜尔①大道;黑色的是士兵,他们好像在挨家挨户搜东西。我们降落在了什么样的悲剧当中?

---

① 杜桑·卢维杜尔,海地历史上的名人,海地革命领导者之一。

## 第 11 章

沙子铺的小路空无一人,只有几只狗跑过。百叶窗关得紧紧的,甚至用钉子钉住了,好像龙卷风要来似的。

为什么有些墙上新画了一些东西?颜料还在往下滴。想遮掩什么?总之,这活儿干得很粗糙。那儿一只鸟飞过,这儿又坐着一个男人。

我突然停住脚步,抬起头,深深地吸了一口气。我闻到了城市的味道。汗水的味道,咸咸的,还没完全干。恐惧的味道。在塞泽尔路的尽头和桑戈尔转盘的另一端,我两次看到有几个穿制服的人拿着警棍：一群士兵拖着一个男人。我弯着腰，从一个垃圾堆（停下来的马车，一排垃圾箱）跳到另一个垃圾堆，成功地回到了家中。门是开的。我低声地叫道："托马斯，托马斯！"没有任何回答。回答我的是一片寂静。就像水变成了冰，有时静止会变得非常坚硬，像武器一样坚硬而伤人。

我进入自己的房间，心跳几乎中断：有人蹂躏了它，而我是一个多么爱整洁的人。我不敢相信自己的眼睛：柜子破了洞，抽屉倒翻了，我所有的东西都堆在一起，上面有隐秘的东西，不能公开的照片，举行婚礼时（买来为新婚之夜做准备的）要穿的短裤。啊，那些闯进我家的人，他们一定嘲笑过我！我来到隔壁房间，我哥哥的巢穴。即使在那个肮脏杂乱的狗窝里，他们也能乱上添乱，我的意思是说……

我承认，我哭了。

✻
✻ ✻

"让娜,别担心……"

有人在对我说话。一个穿着白色绸衣的身影,我好一会儿才认出他来。他的脸好像来自十分遥远的地方,来自另一个世界。埃米里奥,"货轮"的老板。我知道他就住在隔壁。可他穿成这样干什么?他要化装成这样才能睡着吗?夜猫子回家后往往都难以睡着。

"你哥哥一切都好。"

我扑过去抱住这个小丑朋友的脖子。

"谢谢,谢谢你啊!"

"你哥哥也成功地逃脱了……我老婆就没这么运气了。"

"可为什么要这样抓人呢?我一点都不明白。什么狂风刮到了我们的岛上?"

"是虚拟式,让娜。所有的不幸都是由这可咒的虚拟式引起的。"

"我恨虚拟式。可它到这里来干什么呢？"

"我不能再多说了，让娜。我要去监狱了。"

我没看见他离开。我对行政规定一无所知。监狱能接受穿睡衣的来访者吗？我使尽全身力气，祝他好运。

然后，我就开始干活了。

# 第 12 章

一开始面对这一大堆乱糟糟的东西,我就放弃了。我对这种情况一点都不明白。父母把我生下来就是这样子:对于我不明白的事情,我就像瘫痪了一般,我不会采取任何行动。于是,我跑到了某个肯定能告诉我原因的人家里。

"你好,让娜。你想像往常一样问夫人,是吗? 很不巧。她在吃饭。你知道她喜欢吃。她不能再等了。"

词语命名者①的助手埃克托尔是个西班牙

---

① 见"语言群岛探秘"之一《语法是一首温柔的歌》。

人，曾是巴塞罗那北部、离法国边境不远的布里饭店的厨师和副总管，那是欧洲最好的饭店之一。他是来岛上休息的，在花园边欢度美好时光。而我的老朋友词语命名者就是在花园里赋予词汇以新的生命。这首歌把他迷住了："Touer, Touilleboeuf, Touline。"①从此他再也没有离开这里。他在海边开了一家露天小咖啡馆。为了感谢老太太，他每个星期天都会来给她精心烹制一道他自己发明的拿手好菜。

"谁呀？"

这是词语命名者的声音，熟悉的声音，在许多声音中一听就能听出来，它既温柔又无情而坚决。这声音来自隔壁房间，穿过走廊，一直传到我们这里，就像一只猫来到我们身边。

"让娜！快进来！吃点现存的饭菜你没意见

---

① 这三个词的意思分别为"拖着锚，让船行"、"某种海狗"、"拖船用的缆绳"。

吧?去,给让娜拿个碟子过来。终于有年轻人对词典感兴趣了,让我们给她庆祝一下!"

"可是,可是,我不能吃,夫人。我一口饭都不能再吃了,我现在在一架滑翔机上工作。"

"废话,亲爱的!试试这块用木炭烤的果汁蛋糕。我向你保证,你的天平秤不会有丝毫的察觉。"

显然,果汁蛋糕仅仅是一个开场,埃克托尔精心烹制的大餐还在后面呢!(但这开场就已经让人大为赞叹了,大口地吸着香甜的烤肉味,多么滑稽的感觉!)接着是一个小钵(新鲜的杏仁和块菰)、金枪鱼串烧(+培根+生姜+椰子)、面裹牛脑(小牛)、虾蛄饺子……

尽管心急如焚(托马斯怎么样了?强盗们不会洗劫我们家吧?家里的门风一吹就会开),我还是经不起美味的诱惑。

词语命名者享受着她吃的每一口,我不敢败她的兴致。大家都以为老人家没什么食欲,真是大错特错！前提是食物要新奇。那么多年吃同样的东西，人肯定会厌倦。在漫长的一生中，人要吃掉多少牛扒、炸薯条、面包屑或干酪丝烙面，甚至还有白汁肉块和马伦戈式牛肉①啊！如果真有让人惊喜的食物上来，老人家是不会嘴下留情的，就像小孩发现了让人垂涎欲滴的巧克力。

我不得不等到喝完咖啡才问问题：

"对不起，夫人，我需要尽快地知道，'虚拟式'这个词是从哪儿来的。"

"我的小让娜，每种语言都有许多母亲，它又派生出许多其他语言，但主要的母亲只有一个。法语的母亲是拉丁语。'Jungere'的意思是'连接'，'sub'的意思是'在什么下面'，所以'subjungere'的意思是'拉'……"

---

① 小牛肉经油炒后再加番茄酱的一种烹调方式，传统做法还要饰以鸡蛋和螯虾。

"拉,就像马拉大车?"

"一点没错。当你说'我希望我的朋友能来','我希望'便是马,能量、意志、牵引东西的力量。"

"牵引什么呢?"

"大车。他牵引着他的梦想,牵引着希望他的朋友能来这一愿望。"

"为什么?要有力量才能有梦想?"

"当然,我的小让娜,需要有力量,很大的力量,尤其是当你想让这种梦想持续。现在,你可以走了。我得重新开始工作了。词典里的词已经急得直跺脚了。你没有感觉到它们讨厌你吗?"

"那又是为什么呢?"

"很简单,它们妒忌了!妒忌我把时间都给了你。好了,拥抱我一下,然后走吧!"

我吻了一下她的额头,她迈着摇摇晃晃的小步回到她的花园里。面对心醉神迷的埃克托尔,她又唱起了她单调的歌:"Trusquiner, Tulipe orageuse, Tupinet……"①

* * *

我正要跨出门槛,一股力量攫住了我,好像有人抓住了我的双肩,迫使我往后转。埃克托尔看到我转身回来,问:

"让娜,你还有事吗?"

我没有理他,而是蹲在词语命名者坐的椅子前:

"夫人,可以吗?还有一个问题,真的,我发誓,最后一个问题。"

"好吧,我的小让娜。不过要快点,星期天之前我得完成字母 T。"

---

① 这三个词的意思分别为"画平行线"、"暗示法国康康舞"、"长尾山雀"。

"我哥哥失踪了。所以我在想……像您这样,既然所有的词都认识……也许您也能猜到什么地方……"

"让娜,能把话说得明白点吗?"

"您知道我哥哥在哪里吗?"

"你哥哥也这样了?天哪!"

她的脸皱起来,我不经意间地搅动了她记忆深处的某些痛苦。她闭上了眼睛,好像在与那种回忆作斗争。

"你要知道,我哥哥也蒸发了。在一个美丽日子,'噗'的一下!没有留下地址。很多年很多年了。自那之后,再也没有消息。毫无音讯。也许消失是男孩的本性?"

"您一点都不知道……"

"当然知道。"

"但您没有去找?"

"唉,没有。我犯了一个错误,这无疑是我一生中最大的错误。"

"您这么博学的人,也会做错事?"

"我一直认为,你越爱某个人,就越应该让他平平静静。"

"所以您一直没有去找他?"

"唉!"

"您说得很有道理,这是一个可怕的错误。相信我吧,我不会犯同样的错误。这么说,您知道我哥哥在哪儿?"

"在虚拟式岛。"

"为什么在那里?"

"因为那是梦想的国度。一个出走的男孩,走了不回来的男孩,总是因为梦想。"

"我会找到他的,找到他们俩,您的哥哥和我的哥哥。他们会听见我的喊声:他们没有权利抛弃自己的妹妹。"

"让娜,我太喜欢你的激情了。旅途愉快!你回来以后,马上来告诉我……假如我还活着的话。"

"千万别这么说,夫人,全世界的人都知道您长生不老。"

"长生不老并不意味着永远不死,让娜。"

※
※ ※

永恒,不朽?毫无疑问,时间是个谜。我回到家里,陷入了这种沉思当中。当我想到我的朋友中有两个赛马师和一架滑翔机的时候,我便放心了。不用担心该怎么办,他们完全可以把我送到虚拟式岛。

首先,把东西整理好。

可惜,我刚动手,侵略者就回来了。

八个穿着全新制服的人。

"你们好,先生们!谢谢你们回来帮我。"

"小姐,你待会儿就不会这样笑了。快,拿上你的毛巾,还有牙刷,跟我们走!"

# 第13章

"站住!"

那八个士兵简直不敢相信自己的眼睛。这支粗鲁的押送队和我(他们的囚徒)刚刚上路,就有一个矮小的,十分矮小的人,穿着红色的百慕大短裤和横纹毛衣,胆敢拦住了他们的去路。

"这个矮子是什么人?"

"喂,让开!"

"先把证件拿出来!"

"我是终身甚至世代总统的地图绘画师!"

"哦,对不起,阁下!"

"你们现在虐待的这位女士是我的助手。放

了她。"

"马上放,阁下!"

那八个士兵,刚才还那么残忍,那么傲慢,现在变得甜言蜜语、卑躬屈膝。我刚知道一条关于人类的法则,叫做"两面法":一个人,对下面的人压迫得越厉害,被上面的人压迫得也越厉害。

在继续我的哲理思考之前,我谢了我的赛马师老朋友。如果不是他从天而降,我会遭遇什么不测?也许今天还被人遗忘在牢房里。

"快,我们浪费了很多时间!陪我们去王宫。我在那里有约会。"

"太荣幸了,阁下!"

于是,我们飞快地穿过城区。百叶窗开始一扇扇打开,人们同情地看着我们:可怜的人啊,他们真倒霉,这也许是最后几个被抢劫的人了……

我提心吊胆,人家白救我了。那个独裁者

看到我的时候会作何反应？我试着提醒画地图的人。他一挥手，扫去了我的忧虑，就像赶走缠人不休的苍蝇：

"让娜，请别胡思乱想，有我呢！"

✳<br>✳ ✳

内克罗尔，深受我们喜爱的独裁者，他显然没有认出我来。在候见厅里，处在灾难之中的我给自己扎了个发髻（谢谢它，它让我老了起码五岁！为了混入夜总会或去电影院看热辣电影，这办法我已试了无数次）。再说，自从如此讨厌的第一次见面之后，已经过去很长时间了。

"地图绘画师，这个年轻女子是什么人啊？"

"我的助手。一个千里眼，没有她，我的手画不出东西来。"

指甲修剪师，一个酷似歌星麦当娜的女

人,负责给总统剪指甲。这一工作好像给了她无限的快乐。她微笑着,心醉神迷,好像一个看着新生儿的母亲。

"好。从现在开始,如果有谁对外透露他将要听到的事情,直接扔到海里去喂鲨鱼,省得我去挖他的心脏。"

亲爱的内克罗尔,还是那个样子,岁月没有在他身上留下痕迹。他还是那么有魅力,还是那样以温柔来服人。

他端详着自己的两个食指,指甲长得离谱。指甲修剪师干得不错:他有了这两把真正的匕首,完全可以惩罚冒失者——信号很明显。

"国家处于危险之中。我的秘密机关得到确切情报:有人正准备入侵我国。你们看,这仅仅是一天的查扣结果。"

五个垃圾袋排列在那里,五个灰色的梨形大袋子,上面覆盖着一张小岛的大地图。

"如果你们不是太怕弄脏你们的手,随便伸

进手去摸摸。你们会发现,我并没有撒谎。您也摸摸,助理。"

地图绘画师抽出一份完整的资料,关于

## 日本的虚拟式

他把那张纸递给我们:"'我希望'这一表达方式,用'如果是这样,那将很好,但是'这种句式来表示。"

我希望明天会下雨
Je souhaite qu'il pleuve demain

| 明日 | 雨が | 降れば | いいのに(ねえ) |
|---|---|---|---|
| Demain | pluie | tomberait | bien mais (n'est-ce pas) |
| 明天 | 雨 | 下 | 可是(不是吗) |

总统举起双臂:

"我刚才跟你们说什么了?你呢,年轻的姑

娘？你捞出了什么可怕的东西？"

我目瞪口呆地发现，那张小连环画，就是几天前我看见贴在墙上的那张。

𓀀𓁐𓂀𓃀𓄀𓅀𓆀𓇀𓈀𓉀𓊀𓋀𓌀𓍀𓎀𓏀

"我刚才跟你们说什么了？还是虚拟式。总是虚拟式！那些人无处不在！我要让他们把吃下去的东西吐出来！"

内克罗尔吼叫起来。地图绘画师和我面面相觑，不明就里。

这些无辜的图画能有什么危险呢？

我们惊讶的表情太明显了，让独裁者更加气愤。

"还有你们，竟然连象形文字都不懂？"

我们低下头，承认自己的无知。

"可这并不复杂！"

他突然变成了一个教师，开始向我们讲解起来：

这是"我希望"。

这是"奴隶"。

这是"是"或者"站"。

这是"在无花果下面"。

"现在你们明白了吧,你们这些白痴,'我希望奴隶站在无花果下面'。虚拟式!又是虚拟式!"

我们目瞪口呆地听着课。

这个关于奴隶与无花果的故事到我们这个岛上来干什么?它能给我们带来什么危险?

内克罗尔又暴怒起来,一拳砸在桌子上。

"瘟疫来到了我们当中。一场国际阴谋!日本人,埃及人,全世界都准备进攻我们。"

我不知道犯了什么病,竟然张开嘴唇和牙齿,让舌头讲出了下面这句短短的话:

"对不起,终身甚至世代总统先生,可您为什么要这么害怕虚拟式?"

惊愕。颤抖。竟然敢质问最高领袖!雷都要劈下来了。大地开裂,要把这个大胆的女子吞噬;海浪袭来,要把她卷走。在王国的大厅里,谁都大气不敢出,甚至包括鸟儿。它们在花园里已经停止歌唱。全世界都在等待可怕的惩罚,那是我的错误应该承受的。

总统也没有动弹,只是圆睁眼睛,两只大眼瞪得像轱辘一般,就像孩子看到了什么完全新奇的东西:一个年轻女孩竟然敢跟他说话。他一定是欣赏这种惊讶,因为他最后恢复了微笑,用十分温柔甚至有趣的声音回答我说:

"虚拟式是头号敌人,是最坏的人,他们永远不知道满足,是些梦想者,也就是说,是些对现状不满的人。'我希望所有的人都自由。'不乱才怪!'我不相信我们的总统会成功。'谢谢支持!他们从早到晚不断地希望和怀疑。人们可曾用希望和怀疑创造过什么文明?"

独裁者的那些顾问们,像所有的顾问一

样，都是些马屁精和恭维者，他们不住地点头：

"您说得太对了，终身甚至是世代总统先生，梦想是一种邪病。"

"当然没有，终身甚至是世代的总统先生。从来没有人能靠那些被宠坏的孩子建立一个宜居的社会。"

内克罗尔一挥手，制止了他们的废话：

"我已经给了岛上所需的一切。不定式家族，很简单——它们不知道自己要什么；命令式也同样——它们互相之间不断地打架。条件式呢？消灭那些整天作假设却从来不敢肯定自己想法的人，简直不费吹灰之力。剩下就是虚拟式了，这些人要可怕得多了。但请你们相信，我来对付他们。一次性解决问题。地图绘画师？"

"在，终身甚至世代总统先生。"

"你去替我把他们的岛画下来。所有能登陆的沙滩、战略高地、需要躲避的沼泽，这些我都需要细节。没有好地图就无法打胜仗。你再读读关于拿破仑的书!这位火眼金睛的女士将帮助你。一个星期后,同一时间再在这里见。时间不等人,龙卷风的季节很快就要到来。"

麦当娜,我想说的是那个指甲修剪师,目睹了这整个过程。她一边看,一边慢慢地整理着她的工具:

"再见,终身甚至世代总统先生。明天见!"

(岛上流传着一种说法,宣传部门也不断补充:独裁者的指甲和头发长得飞快,证明了他非凡的生命力,也是他对女性充满幻想的原因……)

我们跟着她离开了。她好像突然之间爱上了地图绘画师,目不转睛地看着他。

"我也会负责维护您的指甲,"她低声地说,"指头得不到好好的照顾,怎能画出好图?确实,我收费很高,但凭您得到的报酬……"

# 第 14 章

我的闹钟没有响。我是说早上唤我起床的那只鸟,我亲爱的蚁䴕[①](Synx torquilla)没有在通常的时间里唱歌。

我匆匆穿好衣服,飞快地跑出家门。

通往机场最近的那条小路旁边有个监狱。埃米里奥站在那儿,站在一扇高高的大铁门前,铁门已经生锈。他光着上身。这个小丑已经没了上衣,白色睡衣也只剩下了裤子。他每

---

①蚁䴕也译作"歪脖鸟",啄木鸟科蚁䴕亚科的一种鸟,褐色,常见于开阔林和灌木林,受惊时颈部像蛇一样扭转,故有"歪脖鸟"之称。它以长舌舔食地上的蚂蚁或树上的昆虫,并在啄木鸟的旧洞穴中筑巢。

天晚上照亮"货轮"的熟悉笑容也已消失。

"他们不让你见你太太?"

"她很固执。他们让她声明:'我发誓,这辈子再也不用虚拟式',签个字便可出去,但她不干。"

"她是怎么想的?"

"这正是我想知道的。我对我可怜的老婆说:'你结婚了,你爱我。为什么一个已婚女人、一个爱丈夫的女人会需要虚拟式呢?'"

"她怎么回答?"

"她回答我说:……我害怕极了……"

我一手按住他的肩膀:

"勇敢点,埃米里奥。我知道,我们这些女人有时是非常残酷的。"

"她回答我说:'没有任何爱情,哪怕是最伟大的爱情能制止我梦想。'"

我突然想起了我的两个赛马师。

他们一定在滑翔机前急坏了。我得让埃米

里奥自己一个人去伤心了,甚至比伤心更糟:发现没有任何东西,也没有任何人能填补我们心中的空虚。

# 第 15 章

在机场里,谁也没有注意到我迟到了。两个老赛马师正在激烈地争吵。

"你能心安理得地给一个独裁者画地图吗?"

"我为大家画地图。知识是对付暴君最有用的武器,其证明是他们总要焚毁书籍。"

"我不会驾驶滑翔机,让人去消灭虚拟式的。"

让-吕克抱着双臂,一脸凶相地站在飞机前面。

"随你的便,找人来替代你容易得很。"

"试试吧!"

地图绘画师跳上摩托,怒不可遏地说:"我这次真的签了一个狗屁合同。"

让-吕克吹着口哨,显得十分平静:

"别担心,他找不到人的。哪个傻瓜都能飞,只要有发动机驱动。可滑翔机是跟空气打交道,那就是另一回事了。"

两个小时后,地图绘画师真的一个人回来了,满脸尴尬,嘟嘟哝哝:

"好了,立即出发吧!不要装出这副胜利者的样子,让-吕克,求你了,谦虚点!我们不过是做个侦察。如果我们发现虚拟式岛上毫无危险,我会搞些假定位,以保护他们的小岛。走吧,走吧,你还等什么?"

那天我运气好,因为,他不知道我吃了很多,说:

"哎,得了,让娜,不必过称了,才一天,不会胖的!走吧,我们已经浪费了不少时间……"

✤
✤ ✤

虚拟式岛并没有马上露出它的真面目。第一部分探索时间很长，但没有问题。由于暖空气和顶风友好地混淆在一起，我们的滑翔机甚至可以一动不动地停上几分钟。对于我们的地图绘画师来说，这是个极好的机会，他不停地画着，一句话不说，连笑容都没有一个。这一重要的工作让他全神贯注，他好像又恢复了年轻时的良好视力，一次都没有要我帮忙。

说实话，我感到挺闷的，头脑里响起了一个尖细的声音："让娜，你在干吗呢？那个可笑的虚拟式是怎么回事？你不是在进行关于爱情的重大调查吗，你忘了？"这个尖细的小声音说得对：我在这儿做什么？

两小时后，地图绘画师终于大大地松了一口气，他觉得任务已经完成。

"我们回去,让-吕克。终身甚至世代总统先生应该会满意的。"

"你的意思是说,你的地图可以让人把虚拟式都消灭掉?"

"我解释一下:满意是因为放心了。我觉得这个小岛对我们完全不构成威胁。我将为他们辩护,他会听我的。"

"完全不构成威胁"这几个字,虚拟式岛一定是听见了,而且生气了,因为,从这个时候开始……

"再飞一圈,让-吕克,做个核实。"

这种过于强烈的职业意识造成了那场事故。如果不进行最后这次核实,什么事情也不会发生。

※
※ ※

"出什么事了?"

地图绘画师的目光在画板和舷窗外他所看见的东西之间越来越快地来回。

"天哪,我都要疯了!"

细细的汗珠开始从他的额头和太阳穴处渗出。

"让娜!"

"我在,头儿。"

"你看见那里是否有个点?那儿,右边,两点钟的方向?"

"我看得很清楚,有个点,而且很尖,让人想起好望角。"

"我刚才怎么会把那个地方标为沙滩呢?"

"也许弄错了,头儿,因为累了。没什么大不了的,擦掉就是了。你总是对我说,画画更多是用橡皮而不是用铅笔。"

"那儿呢?再往北一点的地方?"

"再往北一点的地方又有什么事,头儿?一切正常,冷静点!第一眼看去不一定全都能看清，这完全正常。"

"可我的眼睛花了，天哪！我怎么会没有注意到那三个小岛，三个大岛，甚至是群岛呢？它们就在海湾中央，非常清楚。多么大错误啊，多么不可饶恕的错误！其结果会是灾难性的！这次，事情很明白：我老了。我要辞职了。"

他哭了起来。

"天哪，你们为什么要抛弃我？没有亲爱的、如此亲爱的地理，我会怎么样？"

* <br> * *

将来，谁能让懂得安慰的女人得到她们应该得到的感谢？

不是吹牛，我就是一个懂得安慰的人。没办法，我天生就有这种本领。我甚至成功地安慰了分手时让我受了那么多苦的父母亲。这足以表明，我有多大的本领。

我先让巨大的忧伤过去。

然后，我最最温柔的声音起作用了：

"头儿，我们所飞越的小岛，不像其他岛屿。如果我没弄错的话，虚拟式是一个怀疑、等待、渴求和希望的世界，在那里，一切都是可能的……你怎么能要一个怀疑、等待、渴求和希望、一切都可能的岛屿具有明确的轮廓呢？"

他思考了很久，然后朝我转过身来：

"你讲得有道理，让娜。"

"你能给你的怀疑、欲望和希望以界限吗？说实话，头儿，不管你多大年龄，有多少经验，你能做到吗？最后的结论是，可能性是没有界限的，对吗？"

"你的意思是说，是因为虚拟式岛的海岸在不断变化？"

"正是，头儿，就像火山一样。欲望和等待

不也像火山一样吗？"

"这么说，问题不是出在我的眼睛上。不是我看不清了，而是这世界在变。"

"头儿，你终于明白了。"

"过来，让我拥抱一下。让娜，你让我获得了新生。"

他想来到我身边，便突然站了起来，让飞机大大地偏离了航向。让－吕克火了：

"平地上的赛马师，你以为自己在什么地方？你一活过来就想让我们死？"

平时那么胆小的我，这次却笑了起来，因为我回答了那个尖细的声音。爱情如果不是怀疑、等待、欲望和希望又是什么？所以，爱情是一种变化不断的虚拟式。那个尖细的声音太蠢了：它没有意识到，在高空，在滑翔机上，让娜在继续她的调查。

我们在那个不断变化的岛屿上空盘旋了多久？只有地图绘画师没有感觉到累。他处于极其兴奋之中，吹起了口哨，自豪的曲子（《女武神骑行》①），或愉快的曲子（《四轮马车叮当响》），并画了一系列图画：18点30分的虚拟式岛，19点15分的虚拟式岛，20点03分的虚拟式岛……

"你说得太对了，让娜，你说得太对了。科学并不怕变化，只需标上时间。"

转了许多圈之后，我们都闭上了眼睛。让－吕克和我应该都睡着了。把我们惊醒的是瞬间出现的坠落感，因为剧烈的下坠把我们送进了与死亡不远的睡眠区。

---

① 《女武神骑行》，瓦格纳歌剧《尼伯龙根指环》第二部《女武神》第三幕的开场曲。

# 第 16 章

一个火球。

就在我的头顶。

毫无疑问,愤怒之神追上了我们。起先是事故,现在是火灾,也许是雷击。

红色的火球中,慢慢地出现了两只眼睛,两只蓝色的眼睛,下面有两片嘴唇,慢慢咧开,露出了笑容。

"好了,我们的客人醒来了。"

模糊消失了,如同晨雾被风驱散,我看清了眼前的事物。火球并不是火,而是一个红发小伙子。头发乱蓬蓬的,就像杂乱无章的丛林。一个红色的丛林。

"欢迎来到岛上。我叫达尼。"

"我的两个朋友……赛马师,他们……怎么样了?"

"赛马师?哦,根据他们的身材,应该猜得出来的。那个飞行员没有任何问题。"

"很正常,他懂得越障。"

"他已经去'蓝蓟'喝东西去了。你会知道的,那是我们的司令部。"

"还有一个呢?"

"画家?他不愿意松开自己的铅笔。他做得对。看他右手的情况,我怀疑他是否还能画画,但他的生活不会受到影响。"

我也笑了。我一直喜欢"他的"生活这种说法,因为这让人相信,他是"自己"生活的主人。我很快就想起了自己的任务:

"我有个哥哥在岛上,我敢肯定他在这里。还有词语命名者的哥哥。我必须尽快见到他们。"

"请冷静!否则你真的会晕倒的。他们叫什

么名字？"

"托马斯是我哥哥。另一个叫乔治·路易，是一个很老很老的人了。您认识他们吗？"

达尼举起双手：

"当然啦！你家里的人都很滑稽。那两个人都很滑稽，每个人都有自己的滑稽方式。而且，他们两人很要好。别担心，他们就在岛上。"

"我要见他们。"

"慢慢来！你先休息一会儿。我去通知他们。"

一小时后，我来到了那家"蓝蓟"。那里不像咖啡馆，更像是个仓库，各种各样的东西都有，摆得有点乱。那正是孩子们所梦想的：十个旧电动火车头对准墙壁、一座轿子、一个稻草扎的老虎、一大堆蝴蝶、第一代"彭杜伟克"彩绘木制游艇帆船[①]模型、蝙蝠侠的三套服

---

① 法国游艇设计者埃里克·塔巴里20世纪60年代设计的游艇帆船。

装——老中青三个年龄段的服装……每个人都看着自己的宝贝。到处都是人,我从来没有见过这么五花八门的人群,他们好像迷失在这座神奇的森林里。有穿三件套西服的,有穿牛仔裤的,有穿睡袍的,有穿厚运动衫的;有脑袋剃得光光的,有头发用缎带结系在颈后的;有小伙子,有老头,大家全都兴高采烈。

让-吕克和我在这种场合自然要喝酒庆贺,庆祝我们的好运。最后好才是真的好。我们现在来到了朋友家里……看到我的这个朋友如此高兴，我甚至产生了怀疑。他会不会是……让－吕克，他会不会是个虚拟式？他会不会是内克罗尔觉得如此可怕的这个开心群落里的秘密一员？他是否有意制造了这场事故？

大家为我们庆贺，问题接二连三：

"有游客来，太高兴了！"

"终于有人对我们感兴趣了。"

"而且，他们是那么年轻！"

"你们是怎么想到要到这里来的呢？"

"在不定式岛上，大家还在谈论我们吗？"

"我还以为我们这些虚拟式已经死了，完全死了，被埋葬和遗忘了。"

"你看，永远不应该失望。"

大家争先恐后地邀请我们。"今晚，你们睡在我们家。""不，到我们家，我们家有马。""去我家，我家有游泳池！"

我的那个红头发的救命恩人走过来。大家都叫着他的名字。"达尼，来一杯？""达尼，我有话要跟你说!"他好像是个头儿,尽管"头儿"这个词并不适合他。在这样一个群体当中,谁都不会不守纪律。也许,他只是一个象征而已,一面鲜艳的旗帜,他讲话比别人大声,比别人有趣。

"现在,我要把让娜从你们这儿带走,她应该去睡了。"

# 第 17 章

"你们是谁?我的意思是说,虚拟式是谁?是病人,还是危险分子?"

"让娜,这么严肃的问题,你就不能等到明天再问吗?"

"不行。"

"好奇,不是吗?好奇得病态。"

达尼挽起我的胳膊,我们走在沙滩上,海水边,慢慢地走,小步地走,就像两个老朋友。

"这是你自找的。我们从哪儿开始说呢?"

"词语命名者曾试图给我解释,"虚拟式"这个词来自拉丁语'subjungere',意思是'拉'。

在'我希望他能来'这个句子中,'我希望'就是马,而'他能来',是马车……"

我说的时候可能一副滑稽样,一副窘迫的怪相,就像一个人对自己所说的东西倒背如流,却不知道什么意思,尽管做出了巨大的努力。他笑出声来:

"必须承认,她说得确实不是太明白。"

"达尼,如果是您向我解释,我肯定能听懂。"

"马屁精!那我就从一个故事开始吧!睡眠,我们的睡眠,是一个神秘的大陆。你知道我们的学者是怎么探索它的吗?他们把电线放在我们的脑门上。我们每次做梦,他们都会知道。如果他们在那个时候叫醒我们,如果他们不让我们继续做梦,在你看来,会发生什么事情?"

"我想不出来。"

"我们会死。"

"这跟虚拟式有什么关系呢?"

"这就是你将了解到的情况。"

我的头晕起来。是因为事故,欢迎宴会上喝了朗姆酒,还是虚拟式带来的最初反应?我让自己慢慢地倒在一块圆圆的卵石上。达尼站着,来回踱步,真的很像一个教师。

"我们从最简单的开始,你所住的地点:直陈式。现存的东西。"

"这我会。Ce qui existe(现存),ce qui a existé(曾经存在),ce qui existera(将会存在)。具体、肯定、真实的东西。"

"非常好!而我们这些虚拟式,对可能性感兴趣。可能发生的事情,好的或是不好的东西。我希望他能来,我怀疑她能痊愈。"

他不时地举起一只手,眼睛东张西望,显然是在找黑板。那只手落下了:"我忘了,这不是课堂。"

"达尼,我能以'你'称呼您吗?我开始明

白了，但与此同时，我也越来越不明白。"

"这就是生活，让娜。懂得越多，便懂得越少；知道得越多，便知道得越少。"

"别再把我搞糊涂了。我所不明白的，是内克罗尔为什么这么不喜欢你们，为什么他要对你们发起进攻。"

"我跟你解释过：虚拟式是一个可能性的世界。"

"那又怎么样？"

"你细想一下，让娜。什么叫可能性？"

"某种事情我们可能会去做……"

"但我们没有做，还没有做，不想做。要求得到可能性，所有的可能性，就是批评现实，批评目前的世界，贫穷、非正义；也就是批评政治家，不是全部的政治家，而是某些政客，比如内克罗尔，他希望什么都不变：他们对世界的现状非常满意。"

"虚拟式是一种革命形式，对吗？"

"可以这样说。"

"现在,我更明白为什么有人怕你们了,你们确实是在干预社会。我想参加。"

"你说什么?"

"我想参加你们的俱乐部。"

"这不是俱乐部,让娜。我们是个骑兵团。"

"骑士……你们是不是有点……自以为是呢?

"梦想是一场战斗,让娜。当然,我说的是真正的梦想,而不是小小的欲望,欲望经过我们的头脑,飞了几下就走了,就像蚊子一样。"

"真正的梦想是什么样的?"

"真正的梦想是持久的。它之所以能持久,是因为它跟别的东西结合了,与意志结合了起来。"

我没有意识到有群动物也在听他说话。海鸥、螃蟹、狗,我可以发誓,它们会同意这种说法的。可是,由于疲劳,加上激动,我已经头脑昏昏。如果清醒,我能感觉到屁股底下我坐着的那块圆石头在动吗?

"哎,让娜,你是坐在一只乌龟身上!没有比这更好的选择了。乌龟是一种典型的虚拟式动物。"

安排给我住的屋子离那儿并不远。我在猜想:为什么说乌龟是一种虚拟式动物呢?想着想着,我慢慢地睡着了。

# 第 18 章

第二天,达尼一出现,我就急忙迎上去。

"见到我哥哥了吗?"

"我已经通知了他。"

"那他为什么没有跟你一起来?"

"唉……男孩毕竟是男孩,让娜。他有事情没做完,稍后就来。"

"我千辛万苦来到这里,就是为了他!我冒了无数次险,可他竟然让我等。好吧,托马斯,这回,有你好果子吃。几点了?"

"什么意思?"

"从现在开始,我没有这个哥哥了!"

达尼笑了,看着我,他应该懂得家人是怎

么回事。他拍拍我的肩膀:

"男孩都是坏东西,除了红头发的。好了,如果你真想了解虚拟式,去中心吧!"

"什么中心?"

"研究中心:那里全是些发烧友,真正的博学者。你在那里能找到他们的。就在比谢①人小港口前。据说,他们住在旧船厂里。"

"我马上就去。"

"勇敢点!他们像所有的发烧友一样,都有点怪癖。"

初看上去,那里丝毫没有工厂的痕迹。达尼只给了我一个大概的指引。一条铁路从水中出来,穿过广场,然后消失在棕榈树当中。神秘的路线。人们是不是每天两次让大海来拖火车头,所以才会涨潮?上科学课的时候我怎么都弄不明白。你看,我也受到虚拟式的影响了:

---

① 比谢,法国某省市镇。

不停地想象,甚至想象不可思议的东西。

我在森林里走了几步。可能要寻找很久。植物吞噬了两间半塌的木屋,尖尖的艏柱从里面冒出来。一群猴子在玩破烂的工具,斧头、锯子什么的,毫不在意一群正在争吵的男女。他们全都坐在地上,除了一位个子矮小的先生,他干干净净的,戴着一顶草帽。

过了好一会儿,他才第一个注意到我。

"我们好像来了新朋友了。"

所有的目光都转向了我。

我真想钻到脚底让人痒痒的刨花下面去。

"我们好像在哪里见过面。"

"天哪!我从来没想到一个年轻的女孩能放下架子,对我们亲爱的生活方式感兴趣。"

"让这位女士坐到我们中间来!"

"但愿她能原谅我们不得不继续工作:语法

学家大会在魁北克①等着我们呢！"

"要是在以前，我不怀疑她会在这个本子上登记她的姓名。"

"希望让娜对这种谨慎不会感到不高兴：她想不到我们的敌人有多少！"

我在一个半空了的树桩上坐下来。毫无疑问，这是一家旧船厂。左边更远一些的地方，我刚才在上面坐过的那棵树还没来得及做成独木舟。我使劲伸长耳朵。

他们继续用这种奇怪的方式说话。那些虚拟式应该发过誓：只谈论虚拟式。而我呢，我得向你们承认，我不知所措。

他们不时提起的那个神秘的中心是怎么回事呢？"啊，假如那个中心仍然存在那该多好！""啊，假如其他年轻人，就像让娜一样，也能加入我们的行列，我们就可以期望部长能

---

①魁北克，加拿大法语省份。

重开中心了！"……

*<br>* *

　　加拿大的聚会好像大大振作了语法学家们的精神。他们热烈地谈论起来，就像准备战斗一样。

　　"你不认为魁北克人会捉弄我们？"

　　"真的，他们比我们更懂法语。"

　　"用'虚拟式的怪异之处'作为讨论的题目，这不是太滑稽了吗？"

　　"而且有蔑视的味道。怪异之处，我想问问你们，怪在哪里？"

　　"我们的虚拟式确实不是太符合逻辑。"

　　"我希望你这是在开玩笑。"

　　"你想要我举例吗？我可以给你举十个例子。人们为什么说'Crois-tu qu'il vienne？'和

'Tu crois qu'il vient?'① 为什么第一个句子用的是虚拟式，而第二个句子用的是直陈式？为什么我们说'Je crois qu'il vient'（我相信他会来。直陈式），'Je ne crois pas qu'il vienne'（我不相信他会来。虚拟式）？"

"你给了我一个启发！我们就拿这个问题去问魁北克人，认认真真地研究一下问句和否定句！"

✽<br>✽ ✽

为了让大脑得到休息，我的朋友们，哪怕是年龄最大的，都强迫自己每半小时就到沙滩上跑步五分钟：真正的语法学家都是田径运动员。锻炼期间，那位干干净净的先生并没有摘

---

① 两个句子意思一样："你觉得他会来吗？"但从句用的语式不一样。

掉自己的帽子。我乘这个间隙向他打听那个中心的事。

"你是说你从来没有听过我们？唉，问题就在这里。我们的工作不能再让大众感兴趣了。怎么办呢？"

他淡蓝色的眼睛在向我求援。我又问他那个问题：

"你们不断提起某个什么中心……"

"是的,CNRS,全世界都羡慕我们的一个机构!虚拟式国家研究中心。它五年前就关门了,由于缺乏经费。所以我们现在被迫在这废墟里工作……"

"但这毕竟不是随便哪个废墟,而是造船厂的废墟!"

"你想说什么,我的小让娜?"

"如果我没弄错的话,虚拟式是一种什么都有可能的时态。所以,它跟船只属于同一个家族。"

其他语法学家结束了锻炼,气喘吁吁地回到我们身边。

"让娜,请把话说得清楚点!"

"如果你们有艘船,你们便什么地方都可以去,是吗?没有什么能拉得住你们。所以,做什么都有可能。船是典型的虚拟式工具。"

"这一点,我的小让娜,我们可从来没有想

到过!"

"让娜万岁!用不着向她多解释了!"

"欢迎来到我们中间,让娜!"

"我们新来的漂亮的虚拟式万岁!"

✳<br>✳ ✳

他们时不时地大叫起来:

"'bien que'(尽管)后面跟虚拟式,是不是?尽管天在下雨,汽车仍然跑得飞快。这个句子中的'下雨'是真实情况,是吗?那场雨真的在下。如果是真实的情况,就用直陈式,那就应该说'bien qu'il pleut'"。

"玛格丽特说得有道理。"

"玛格丽特总有本领把事情给说糊涂了。"

"不许侮辱我老婆,否则我们就辞职。"

谁能相信,虚拟式还能引起这样的激情?

✵
✵ ✵

"现在,我们亲爱的达尼埃尔将向我们报道外国政情。"

神奇的预告。现场马上就平静下来。大家的目光都转向一个高个子棕发女人,她一副嘲讽的样子。

"这是一个博学的女人,"我旁边的人对我耳语道,"很幸运我们有了她,她每次都能给我们讲述一场大旅行。"

什么样的旅行?内克罗尔下了命令,好多年来,人们都不能离开小岛。

"哎,达尼埃尔,你今天要跟我讲什么语言?"

"吉西尔语,B40组的一种班图语。中非,尤其是在加蓬的森林中,人们就讲这种语言。在这种语言里,虚拟式是不存在的。它由动词'rondi'(喜欢)来代替。所以,'我希望今晚天下雨'便译成'Nja rondi nvula nogi na tsisiga'（没必要做笔记），意思是说'我喜欢下雨今晚'。你们看，虚拟式囊括了人们所喜欢的一切。"

"班图人万岁！他们应该参加我们的俱乐部。"

"吉西尔语还有一个有趣的特点，它的动词从来没有时态的变化：总是保持不变，永远处于不定式状态。动词由跟在它后面的词来表示时间。比如：'我爱你'，动词用的是现在式，因为爱情就在眼前。而'Nja rondi'（'我愿意'或'我希望你能来'）逐字翻译就是'我喜欢你来'，'Nja rondi u rugi'。这里的'rondi'（喜欢）成了未来时或条件式，因为它后面的词是不确定的。"

达尼埃尔讲得越深入，语法学家们便越激动。他们热烈鼓掌，眼睛里闪着光芒。了不起！了不起！他们好像随时准备开赴非洲，去可爱的虚拟式之国。我以前不知道语法学家具有这样的探索精神。可我得向你们承认,这些讨论有点超出了我能理解的范围。

✳<br>✳ ✳

突然,我的新朋友,也就是那个干干净净、戴着草帽的家伙看了一下表,抓起一截木头,敲起钟来:到时间了。

出于礼貌,我口是心非地抗议说:

"为什么这么早?夜幕还没降临呢!"

"因为虚拟式有自己的生活原则。"

"我们必须睡觉,以便让梦有足够的地方。没有梦的虚拟式就像没有水的星球:生命会消失。今晚的讨论到此结束。不过,星期二一大早,我们肯定会等你。达尼埃尔,为了吸引我们,透露一下,按计划,你的下一种语言是什么?"

"中文。"

"中文的虚拟式？太棒了！我想，我们当中没有人会缺课。乘这个机会报名吧！别忘了：我们的人数越多，我们的中心就越有可能重开！走吧，大家晚上愉快，节目丰富多彩！"

# 第 19 章

一家饭店。

跟亲爱的老"货轮"完全不同,跟我的新司令部"蓝蓟"也不同。

一家什么都没有的饭店,所以配不上我用"饭店"这个词来称呼它。

做作的奢华:柚木地板的平台,遮阳伞,停车场里停着敞篷汽车,几乎不穿衣服的女服务员。

客人们让人难以容忍:几个滑稽的年轻人,短头发,穿西装,打领带,脚蹬球鞋,不听对方说话,只顾自己大声嚷嚷,首先是谈钱,一直谈钱,接着还是谈钱,谈我,我,我未来的保时捷,我,我未来的游泳池……一点点事就会哈哈大笑。他们占了所有的位置,还想占得更多。他们以为自己是世界之王,根本不看别人一眼,你们也存在啊?好吧,我刚才没注意……

在他们中间,有个人跟他们很像,简直就是他们的复制品,也那么冲,那么爱嘲笑别人,那样勾引衣帽间的小姐——托马斯,我的哥哥。就是他,假装工作太累,不想见自己的妹妹。

他没有马上认出我来。正常,他不跟我住在同一个星球上。令人不安的发现(那个女孩,穿着可怕的裙子,很像我妹妹。千万别让我碰到她),花了很长时间,才越过把我们分开的深渊,又花了同样漫长的时间才触及他的大脑。我利用路途的这段时间,伸长耳朵。这些很摩登的先生们的谈话毫无意义。

"你能提高多少价格?"

"我的生意计划棒杀了他们。"

"鼠标还是砖块?①我已经选定了。"

"我同意你的观点。发财的不是淘金者,而是卖铁锹的……"

"你的 LBO②在哪儿?"

等等,等等。还有其他一些贫嘴的词我都忘了。

我最亲爱的哥哥怎么会深陷于如此棘手的困境中呢?向他扑过去,大声喊着他的名字,根据布列塔尼的习惯,紧紧地贴了他四次脸。

我这样做了。

托马斯感到很难为情。

让娜产生了一种虐待狂那样的快感。

---

① "鼠标"指互联网商业模式,主要通过网站、电子邮件等及其他互联网技术手段与顾客发生联系。"砖块"指传统商业模式,主要通过面对面的方式与顾客发生联系。
② LBO 即融资并购,举债经营收购,是一种企业金融手段。

托马斯突然脸红了，同伴们嘲笑他，他口齿不清地解释："我和我妹妹很久没有见面了……你们知道……所以……而且，我们的父母分手了……"他给了我这么多礼物，被他抛弃的怨气顿时都消了。

最后，他把我拉到一张没有人的桌子旁边。骂我骂累了之后，他平静下来。更可喜的是，而且非常让人惊讶，他见到我似乎很高兴。还有更让人不可思议的呢！他向我提出了几个建议：

"你想知道我是如何走向致富道路的吗？你想参观一下这个地方吗？"

女青年就已经是妇女了：当一个小伙子向她讲述自己的成功（当然是他的成功），她会向他欠过身，微张着嘴，好像未来的百万富翁的每一句话都不能漏过。她眨着眼皮，就像孩子面对着圣诞树，忍不住咯咯大笑，鼓起了掌。

"当然啦，托马斯，我太愿意了，而且非常

自豪。"

"让娜,老实回答我:一个有好奇心病的人能保守秘密吗?"

"当然。"

"好好想想,想清楚再回答。如果你弄错了,上当的是我,那我就会死。和我一起工作的那些朋友可不温柔。"

"我敢肯定:你参加了黑手党!"

"没有,让娜。我们只是有个目标,为了实现它,我们会奋不顾身。我再问你一遍这个问题:一个像你这样病态的好奇者……"

"能!"我毫不犹豫地说,"能。一个病态的好奇者不一定就是个傻瓜。一个病态的好奇者需要信任,需要向她打开大门的人的完全信任。她知道,如果失去了这种信任,所有的门都会向她关闭,并且将一直关闭,永远关闭。我一再对你说能!能!我能保守秘密,绝不外传。而且也不让我的手指乱写。"

"太好了。我带你去参观。走吗?"

"明天吧,托马斯,如果你不反对,我们明天去。我今天很忙。有人邀请我锻炼。"

"什么锻炼?哦,对了,山顶上那些可怕的锻炼……"

"托马斯,你看不起他们,我就看不起你。你的眼睛变小了,嘴巴歪了,鼻孔透不过气了。你蔑视别人的时候,你就变丑了。"

"随便你吧。也许明天我会改变主意。"

说完,他纵身一跳,我得说那个动作很潇洒,他跳进了朋友们的车中(以后会变成保时捷,不过现在还是旧款的标志305)。如果你是托马斯,未来的百万富翁,你也会懒得开车门的,是吗?

# 第 20 章

全岛的人都在走。我从来没有见过那么多人在行走。也许除了1999年8月11日，那天，法国人全都从家里走出来，戴上墨镜看日食，看大白天变黑夜的奇特现象。

大家都在走，包括老人。不管采取什么办法，有的拄着拐杖，有的坐在不可思议的推车上让人推着。甚至包括病人和婴儿，婴儿被人抱在怀里。他们朝着山顶走，那种地方，内克罗尔是禁止人们去的，违者会被处以死刑。我跟上了大部队，红头发的达尼也很快跟了上来。

"好像没有一人缺席。"

"没有，除了死人。而且，如果你眼睛够

亮，我敢肯定，你能看到他们也在我们中间行走。"

"这种朝圣经常吗？"

"每次大潮都举行。"

"可你们为什么远离海岸呢？为什么要登上这座山顶？在我们那里，在布列塔尼，我们更感兴趣的是海边。"

"我们是虚拟式，让娜，而不是捕蟹的渔民。"

"关于虚拟式，我刚刚遇到了一些商人。"

"和你哥哥一起干活的那些人？"

"你是怎么知道的？"

"我知道很多事情。那些商人怎么了？你想了解一些关于他们的什么？"

"他们也是虚拟式吗？"

"虚拟式也是人，就像其他人一样，让娜。有的为自己而梦想，仅仅是为了自己；有的用自己的梦想来牟利。这就是生活，让娜。"

146　飞越疯人岛

*Les Chevaliers du Subjonctif* 147

✳
✳ ✳

最后几米，攀登变得十分困难。年轻的在帮助年长的。笑声消失了，快乐的谈话声也消失了。人们的脸都一一紧绷起来。以前，我在学校里学过一点戏。这种突然而来的严肃，皱起嘴唇和眼睛，很像是大幕拉起来之前的恐惧。

突然，眼前的景象让人呼吸骤停：一座自然形成的大型阶梯剧场矗立在镜湾上方，剧场上铺着草和一些白花。那些叫做秋白菊的小花脆弱而可爱。据说，把它放在水里煮，它会释放出一种能舒缓眼睛疲劳的物质。也许，呼吸一下它的香气也能心旷神怡？

安顿花了很长时间。大家都坐下来或躺下来，怎么方便就怎么来，气氛静谧，充满了敬意："对不起，请原谅，如果您需要，我可以移开……"

接着，大家都沉默了，目光转向慢慢涨潮的大海。海水渐渐涌入海湾，海湾越来越名副其实：它的周围是山，一汪水形成了一个完美的圆。

它的颜色在不断变化，根据云层的情况，从深蓝变成浅灰：一面漂亮的镜子，巨人可以照见自己。

之后，什么都没有了。

我在想，可能要发生什么事了。某个人要站起来教导、讲述和提问了。让大家开始做操。不知道为什么，我以为是十分复杂的事情，跟太极拳差不多，那是中国人做的速度很慢的操。全都不是。虚拟式们一动不动。某种壮观的场面显然就要开始，水上游行，海战，一场让这些人都赶来看的表演……不是，也跟水没有任何关系。只有一片空。一条独木舟经过，在灰蓝色的海面掠起一道细细的白痕。在马达的推动下，它很快就消失了，好像因打破这一完美的平静而感到惭愧。

"锻炼……马上就要开始了?"

达尼朝我转过脸,惊讶地问:

"嗨,让娜,你还没明白?"

"这还会持久很长时间吗?"

"这要看涨潮持续多久。现在,别打搅我了,缺乏锻炼的虚拟式可能会死掉的。"

＊<br>＊ ＊

就在这时,她来了。一个瘦长的女人,插着一个羽毛掸子,就算是帽子了。她穿着城里人的服装,沾满了油污。赤脚,这个女人的右腿在流血。阳光炙烤着她露出来的皮肤,晒得她烫烫的。雅戈诺夫人哭了。

我跑过去,差点要抱住她。幸亏我及时想到,拥抱法国国民教育部的女教师是严格禁止的。

"您是怎么来的?"我问。

她茫然地看着我：

"他走了。"

"也许，也许吧！可您是怎么越过这海峡的？"

"他走了。"

"坐在独木舟里的是您吗？不怕鲨鱼？"

"他走了。"

"好吧，好吧，我明白了，您的恋人走了。这种伤心事谁都会碰到。可您为什么要冒这么大的险到这里来？"

"我希望他能回来。"

她不再理睬我，而是走到其他人当中坐下来，并且像其他人一样，眼睛直勾勾地看着前方，其他什么都不管。

潮水不再往上涨。我从来没见过它那么温顺，圆圆的一汪水，一动不动。而且极其宁静：没有任何海浪，也没有任何波纹。

可我的周围怎么突然响起了低语声？好像所有的看海人都同时开始祈祷。一大片低沉的絮语，一大片轻轻的歌声，就像在教堂里一样。

我的耳朵花了很长时间才听出歌词，因为每个人的祈祷都不一样。必须把这个结解了，才能理清绳头。起初，我被搞乱了，还以为自己听懂了：

我希望你幸福。
一个朋友愿意听我说话是对的。
啊，但愿父母能送一台掌上游戏机作为圣诞礼物。

慢慢地，我习惯了，把这些句子都重新组合起来（我在寻找一个愿意听我说话的朋友），我学会了在这交织着各种愿望的地方穿梭。

如果可能的话，我希望我的女儿能够复活。
我非常希望我儿子下个月一定能通过中学毕业会考。

在这乱糟糟的词语当中，怎样才能听出雅戈诺夫人的声音？我不想妨碍处于悲伤之中的她，不想靠她太近。

最后，我终于听出了她说的话，生硬，跟谁说的话都不一样，永远都是命令式，一开口就在发号施令：*我希望他能来，你们听到了吗，我希望他来。希望他尽快回来，我原谅他。*但她说话的口气不那么肯定，它犹豫着，结结巴巴，有时沉默，好像在哭：*求求你……啊，求求你……但愿他能回来！*

以前曾那么傲慢的女人，她的这种乞求让人心酸。

※
※ ※

自从我被地图绘画师雇佣以来，自从我在滑翔机上度过一些时日以来，我常常想念我以前的工作，想念我对爱情所做的大调查。现在我又重新开始了。虚拟式就是一种怀疑和希望的语态,虚拟式是爱情的语态。

✵<br>✵ ✵

这时,我想起了我上过的一课,不是在学校里上的,而是在生活中学的,生活给我上的一课。

我和托马斯跟父母坐船进行小小的旅行,环布雷阿岛①游。

一个小时的颠簸,冰冷的海浪扑到脸上。当我的脚踏在坚实的大地上的时候,我大大地松了一口气。

"爸爸,实话告诉我,我们为什么要出海?又没人强迫我们!我们是不是疯了?为什么有那么多人傻傻地说热爱大海?"

---

① 布雷阿岛,法国布列塔尼地区的岛屿。

"因为大海是一面巨大的镜子。"

我们继续沿着岸边走。我弯下腰。在晃动的水中,我什么都看不清,除了泡沫。

"这镜子真滑稽,我们什么都看不见。"

"小傻瓜,大海不会照出你的脸,这面镜子是照梦想的。"

"这么说,看着大海,就能看见自己梦想的东西?"

"如果你看得认真,如果你的梦值得你这样看。"

今天,我又想起了这一课,清楚得不可思议。我刚刚才明白,大海就是一个巨大的虚拟式。

# 第 21 章

在"锻炼"过程中,我注意到有三个人非常特别,三个头发乱蓬蓬的家伙,好像天生力大无穷。他们待在远离人群的地方,不像我们大家那样低声说话,而是一个掏出小本子,一个掏出练习本,一个掏出信封,在上面发疯似的写起来。我出神地看着他们的手腕在飞快地移动。

"那三个野蛮人是谁?"当我们全都开始下山时,我问达尼。

"我们永远的客人。他们每次都来,没有比他们的来访更让我们自豪了。"

"可他们到底是谁?"

"自从有了大海,有书籍存在,至今写大海

最出色的三个大作家。"

"看大海，我很愿意，但怎么才能写大海呢？"

"你去问问他们。你运气真好，他们今天好像心情不错。"

我走过去：

"先生们，你们好！收获大吗？"

"可以这样说吧。这个镜子海湾非常慷慨！"

"我甚至要说取之不尽。"

"而且，我们要为它庆祝。"

其中一个头发蓬乱的人从他破烂的厚尼龙上衣口袋里掏出一瓶朗姆酒。

"想喝一点吗，姑娘？"

"为什么不呢？"

"小心啊！很厉害的。"

他说得对，回忆起当时的景象我现在还喉咙发烧。

不管怎么说，要谢谢酒精，它给了我所有的勇气。我敢斗胆问他们那天在那里有什么收获了。

"哦，这女孩太大胆了。"

"我甚至要说太冒失。"

"好了，有年轻人对我们感兴趣，这就不错了！"

他们突然变得和气起来，几乎是温柔地看着我。

"我嘛，"第一个说，"我看见了一头白鲸。"

"哦，是吗？在哪儿？我根本看不到像鲸鱼的东西。"

"姑娘，能看到别人看不见的东西，是我的职业。"

"我经历了最可怕的台风。"第二个说。

"台风？可大海从来没有像现在这样平静过。"

第三个大胡子起先什么都不想跟我说。他

的伙伴们大大地讽刺了他一番，他才凑近我的耳朵，说：

"我看见了一个老人，他钓到了一条巨大的箭鱼，但鲨鱼们把他吃掉了。别告诉任何人。"

"为什么这么小心？"

他指着同伴：

"他们当中的一个人会剽窃我的故事。"

后来，我得知这三个疯狂写作的人的名字。谁能相信，我在一个涨大潮的日子，在虚拟式岛跟赫尔曼·麦尔维尔、约瑟夫·康拉德和欧内斯特·海明威[①]碰了杯呢？

---

① 赫尔曼·麦尔维尔（1819 — 1891），美国小说家、散文家和诗人，有美国的"莎士比亚"之称，被普遍认为是美国文学的巅峰人物之一，代表作为《白鲸》；约瑟夫·康拉德（1857 — 1924），原籍波兰的英国作家，擅长写海洋冒险小说，有"海洋小说大师"之称，代表作有《吉姆爷》和《黑暗的心》；欧内斯特·海明威（1899 — 1961），美国作家，其《老人与海》曾获诺贝尔文学奖。

# 第 22 章

"你就是在那里工作吗,托马斯?好像是一艘即将起锚的驳船。"

"你猜对了,让娜,是一艘船。我们发明的这艘船建成之后,它将进行从未有过、人们从来想象不到的旅行。"

跟 CNRS 没有任何共同之处,这里的大楼都很新,很豪华,像保护金条那样被保护得壁垒森严。安装着铁丝网的高大围墙、警棍、摄像头、牵着狗的武装人员……虚拟式真的不断地给人以吃惊。人们还以为他们都是嬉皮士和冲浪运动员,其实他们也能表现得像军人一样。他们这么警惕是在保护什么宝贝呢?

托马斯的食指靠近一块小玻璃：

"你看，它很快就会认出我的指印。"

一扇门开了，我们穿过一间间办公室，里面全都是空的。

"在你的工厂里，人们好像干活不是很卖力。"

"重要的不在这里。你看！"

我们来到一个平台上。

在那儿，我简直不敢相信自己的眼睛：十来个穿白大褂的人，很像是牙医，在那里泡澡。

托马斯把我带到了哪家疯人院里来了？

"他们每天都像这样涉水吗？他们穿着游泳裤不感到难为情吗？"

"真笨！我敢肯定：你不配我带你到这里来。"

我为自己缺乏幽默感而千道歉万道歉，乖乖地等他给我讲明白。

"我们的工程师把海给切断了。"

他那种严肃、庄重的神色,我从来没见过。

白大褂们在我们面前继续进行他们奇怪的活动。他们把一个木框浸到水里,几分钟后又拿出来,晃一晃,仔细检查之后,又放入水中。就像淘金者使用筛子那样。但这些虚拟式学者的金子应该是某种十分特别的东西。

"让娜,如果你不听我的话……"

"对不起。"

"大海有着无限的可能。"

"在这方面,我是花了一些时间才明白,但我毕竟还是明白了。"

"不过,看海并不总是那么简单,并不是所有的人都能拥有一座山或一架滑翔机。"

"说得对。"

"所以我们要把大海切成一小块一小块。"

"不可能。你的小方块,一刀切下去就再也竖不起来了:它会流动,最后变空……"

"有一个这样的妹妹真是我的不幸!还说自己好奇呢?一点科学常识都不懂!你听说过液体水晶吗?"

"什么?水晶是最坚硬的东西,怎么能变水呢?"

"终于问了一个聪明的问题!这正是我们工程师的成功发明:介于固体和液体之间的中介态。只要有电就可以从一种状态过渡到另一种状态。跟你从不定式(肯定的、透明的)过渡到虚拟式(灵活的、模糊的)一模一样。"

应该承认,我很激动,激动地发现托马斯说的东西很有意思。小心!危险!致命!千万千万不要告诉自己兄弟,说觉得他很有意思,否则,他会长期滥用你的这种信任,并天天嘲笑你。我深深地吸了一口气,让自己平静下来:

"好吧,就算这样,通过一个魔戒,液体可以变成水晶。但你能从你的那一小方块水里得到什么呢?几个屏面,只不过是几个屏面。你和你的朋友又发明了什么呢?电视已经存在了半个多世纪,托马斯,电脑也一样。"

托马斯做了个鬼脸,我非常熟悉的一个鬼脸:眼珠突出的同时嘴角下垂。显然是各种感觉纠集在一起的痛苦表现。惊讶和沮丧:怎么会有这么笨的一个妹妹呢?他耸耸肩,朝我背过身去。我清楚地感觉到他在犹豫:把我扔在那里?让我去喂鲨鱼?改名换姓,与我们的家庭完全断绝关系?他深深地吸了一口气,回到我身边：

"我们的'屏面'，就拿你的话来说吧，我们的'屏面'既不会向我们播送现存的节目，也不会播送愚蠢的游戏和已经解决了的数学问题。它们是大海的一部分，让娜，我得提醒你。"

"那又怎么样？"

"它们将反映出我们的梦想。"

"就像电影一样？"

"就像电影一样。将来有一天，很快就会有的一天……"

他沉浸在激动之中，目光闪烁，双手发抖：

"将来有一天，我的妹妹，我们可以进入自己的梦想。我们要把这些'屏面'做成真正的大门，通往可能存在的任何世界。"

## 第 23 章

那位小心翼翼、小步来到走廊上的老先生,很老的先生,他是谁?他右手拿着一根拐杖,在面前挥动着,好像要在充满敌意的植物当中劈开一条路。

"天哪!"托马斯低声地说,"都是因为你,我要错过约会了。今天是 22 日?我怎么给忘了。"

"22 日干什么?"

"乔治·路易先生每个月的 22 日都来看我们。"

我们及时地闪在一边,让那位老先生走过。一个漂亮的金发姑娘跟在他后面,显然是他的秘书：她拿着一摞纸和一支尖得像她的高跟鞋鞋跟一样的铅笔。

"他的动作好奇怪，眼睛睁得大大的，几乎都是眼白，难道……他有点……"

"是的，让娜，他是个瞎子。"

我真是个傻子，反应也太慢了！我应该立即就认出他来的，他们太像了。

"哎呀，我真是昏了头脑。是她哥哥！"

"什么？你在说谁啊？"

"我在说我的老朋友的哥哥！词语命名者的哥哥。我找到他了，找到他了！啊，她会大大地感谢我找到他的。他在你们这里干什么？"

"他是我们的探索者。"托马斯又把声音压低了一些。我从来没有听见过他这么尊重别人。

"一个像他那么老的人，而且还瞎了，他能探索什么呢？"

"盲人的眼睛不受这个世界的局限，正因为他们看不见这个世界，所以能看见可能存在的别的世界。"

"我有点明白了:看,对于一个盲人来说,就像我们这些正常人看大海一样。"

"完全正确。看,对他来说,就是发明。"

白大褂们,也就是刚才泡在海水里的那些人,全都来到我们身边。我们一起默默地走进一间圆形的办公室,里面没有一扇窗。那个探索者已经站在那里,一动不动,站得笔直。在这之前,我一直没有注意他的鞋子,双色的,非常好看,白色的皮,米色的布。他站在地上刻着的一个巨大的星星中央。我很快发现了星星的四个大角,以及28个小角。我以前是否在哪里见到过这样的几何图案?我想起了爷爷房间里的一个地球仪。在太平洋的中间,也画着这样一个星星。一个罗盘方位标。在一个没有窗户的房间里,罗盘方位标有什么用?

"别说话,让娜。"

我觉得自己并没有用舌头和嘴唇发声,说

出任何一个字，但那里太寂静了，一点点思想都会在空中回响。

探索者开始说话。应该说他是在祈祷，因为他在轻轻地向某个极高、极远的人而不是对我们说话：

这个宇宙（别人称之为图书馆）由许多不确定的，也许是无限的六角形长廊组成，中间有巨大的通风井，围着低矮的栏杆。每个六角形里面，都有高低不等的楼层，数不胜数……走廊的左右两边，有两间小小的办公室，一间可以让人站着睡觉，另一间可以解手……负责照明的一些被叫做"灯"的球形水果……这些灯泡发出一种微弱而不间断的光芒。

在这声音，这祈祷当中，可以听到那个金发姑娘的铅笔在纸上发出沙沙的声响，好像一把笨拙的吉他在伴奏。托马斯拿出一个本子，在上面画起来。

探索者不慌不忙地讲完了关于他的图书馆，巴别①图书馆的故事：

如果有个游人永远穿行其中，不管往哪个方向走，数百年的时间最后总会让他明白，同样的书总是在同样的混乱中重复。由于不断重复，混乱变成了秩序：就是我们所说的有序。面对这美丽的希望，我的孤独得到了安慰。

说完，他便离开了我们，拐杖敲在大理石地面上，发出"笃笃"的声响，双色的鞋子也在"嘎吱嘎吱"地响着。寂静持续了很长时间，后来才被我哥哥的耳语所打破：

"他要下个月才会来。"

---

① 巴别，巴比伦的希伯来名。巴别塔是挪亚的子孙为通天而建的。

"一个月才来一次,他可不算勤劳!"

"可是,我们需要一个多月才能消化他每次送给我们的礼物。内容太丰富了。"

"我什么都没听懂。"

"并不需要总是听懂的,让娜。有时,光看就足够了。瞧!"

托马斯向我指着他的画——那位老先生所说的话被他用图画表达了出来。

"这么说,世界是一个巨大的图书馆?"

"我想,这就是他想告诉我们的意思。"

"他乱说。我们的周围一本书都没有,只有大海、天空和高山。"

"你觉得,出海航行可以不懂大海吗?如果不想被雪崩所埋,是不是应该读懂高山?要开滑翔机飞行,怎能不读懂天空?"

心在我开始发育的小胸脯里(那是小伙子们未来的陷阱)"扑通扑通"地乱跳。更让人惊讶的是,我一直感到身上所爬的那只螃蟹,低一点的地方,在肚子上面,生气的、不满的、愤怒的螃蟹,痛苦而又甜蜜的感情之结,每个妹妹对哥哥都会有的那种感情,那只可恨的螃蟹正在远离。

"托马斯?"

"还有什么事?"

"托马斯,我爱你。"

"你的表白能长时间持续吗?好了,走吧!参观结束了,你知道我还有工作要做。"

# 第 24 章

我在虚拟式岛待了多少个星期、多少个月？数不清了。我只知道，我唯一知道的，是我经常去哥哥的工厂里。工程师们都热情地欢迎我："瞧，我们勇敢的女游客又来了！"他们给我看他们最新研制出来的一块魔板。我想我深入其中了，否则又怎么解释我的记忆为什么会那么准确呢？

我探索了不知多少个世界，将来有一天我会告诉你们的：库斯多船长陪着我在水下散步，我眼睛凑到显微镜上探索人类的大脑；我应邀来到高级时装秀的后台和一级方程式赛车的饮食站，那是在摩纳哥；而且我还在美国工作过,拍电影。你们可以去问问《黑客帝国》[①]剧组。在摄影棚里,我帮了很大的忙。你们是否还记得在先知的客厅里等待潜在精英的那些天才儿童?我就是他们的保姆。还有,是否记得能让人追踪到地洞里找到山羊的药丸?是我把它涂成红色的。当然,我也利用我在好莱坞工作的机会,继续进行关于爱情的大调查。还能在什么地方找到更好的观察点呢?演员们永远生活(或假装生活)在激情中。

所以,你们怎么能要求我准确地知道我在水晶呈液体状的岛屿待了多长时间?每个世界都有自己的钟表,根据自己的脾气行走。没有一分钟是一样的。至于月份,有的可以长达几年!

---

[①]《黑客帝国》是1999年好莱坞拍摄的一部科幻电影,由沃卓斯基姐弟执导,由基努·里维斯、劳伦斯·菲什伯恩、凯莉·安摩丝、雨果·威文等人主演,香港电影界的袁和平担任武术指导。

※
※ ※

"让娜,我再也坚持不住了!让娜,我要回家!让娜,你能陪我吗?真是不可思议,睡得这么深。让娜,你死了吗?"

我终于醒来了。

我们的飞行员来得正好。所有这些旅行,刚刚做完的这些梦,让我开始头晕。

"让娜,赶快决定吧!我可不能等你一千年!"

我像所有的女孩一样,有许多让人讨厌的臭毛病,但我也要告诉那些求婚者,我有两个罕见的优点:我做决定很快("你好,让-吕克,我马上来!");我穿衣服迅如闪电("转过身去,我马上就好!")。

"怎么没看见地图绘画师?他也跟我们一起走吗?"

"他要留下来,他恋爱了。"

"就他那个年龄还恋爱？"

"他爱上了虚拟式，一个不断变化形式的岛屿，不能不迷住一个绘制地图的人。"

外面，让人吃惊：我们的滑翔机已被修理一新，重新油漆，在月光下闪着幽光。一条电缆从它的鼻子连接到两头驴身上，它们显然被吓坏了，不断地在我们前面大泡撒尿，一点也不感到难为情。我的赛马师一个手势，奇怪的驴车就动了起来，两头驴在使劲拉车。我们扶着翅膀，免得它们刮到地面。

"没有飞机帮助我们，我们怎么起飞啊？"

"我们从山上起飞，高度应该够了。"

我恐惧得说不出话来，试图拖延时间。

"对不起，可我们为什么要在半夜里起飞？难道我们做了什么见不得人的事？"

"你现在开始熟悉那些虚拟式了，让娜……如果我们等到白天，他们会来送我们，把他们所有的梦想都装到我们的滑翔机上。那时，我们就没法飞了！"

他说得有道理，还能怎么回答他呢？

终于，我们到达了山顶。尽管在我看来，山还是太低。

"快，让娜，快，登机！"

我一钻进我们那只白鸟的身体，就看见红发人熟悉的面孔出现在舷窗后面：

"让娜，为什么就这样不辞而别，像个小偷似的？"

"我……我不想打搅……"

"虚拟式让你失望了？我们没有好好接待你？"

"相反，恰恰相反。"

"那为什么要这样抛弃我们？你已经成了我们的朋友，让娜，我们对你寄予了很大的希望，以重开CNRS，或帮助你哥哥的实验室。"

漆黑的夜晚慢慢发亮，让－吕克急得直跺

脚："快，让娜，滑翔机取决于气候窗，如果没有气候窗，我们就起不了飞。"我被要求马上答复，哪怕要伤别人的心：

"达尼，我想念不定式了。我太爱真实的东西了：血淋淋的真肉、乐队汗流浃背、开心有趣的乐手们送来的现场音乐，可以碰触的未婚夫。我喜欢真实发生的事情。对不起，达尼，我在口味方面像一个很老的年轻人。"

"没必要道歉，让娜。你会回来的。你可看见雅戈诺夫人发生了什么变化？或迟或早，所有的人都会回到虚拟式岛来。还有……"

为了能赶上我们，他不得不跑起来，并开始气喘。他毕竟已不那么年轻。

"还有，在你住的地方……保护虚拟式……虚拟式……就是梦想国……如果没有虚幻之物的拯救，让娜……让娜……我们将如何是好？"

※
※ ※

滑翔机的小轮子越来越快,往斜坡下滚去。后来,我就像死了一般:我们离开了地面,往下坠落。

漫长的几秒钟后,我复活了:慢慢地,一米一米地,让-吕克成功地回升了高度。非常及时:全岛人都在跑。我似乎看见了一朵五彩缤纷的云朝我们扑来:那是他们所有的希望。让-吕克说得对:如果他们追上我们,我们就没法飞了。很幸运,我们现在已经进入安全区。我们摇晃着翅膀,这是飞行器表示礼貌的习惯方式,意思是说"谢谢","祝你们好运"!

虚拟式给我留下的最后一幕,是托马斯的样子。他没有像其他人那样挥舞手臂,而是找用一个温柔得多、友好得多的方式向我说再见。他坐在一块岩石上,抱着他古老的吉他,我还以为丢失了的吉他。当然,我什么也听不见，但我完全明白了他的意思。"你看，让娜，我跟水晶在一起感到很快乐。我也许会成为富翁，但我不会忘记最重要的一点：绝对没有比音乐更流动、更自由的东西了。"

## 尾 声

让-吕克急于回家,他驾着飞机翻过一片片云海。每翻过一片云,他的脸上都浮现出孩子般灿烂的笑容。也许他在驾驶滑翔机的时候,找回了当年骑马越障的奇妙感觉。

我首先发现,不定式岛四周的大海与往常不一样了,不再空无一人。

"让-吕克,内克罗尔不再禁止船只出海了?"

"不可能,禁止所有的船只和造船厂,否则判处死刑。就像卡斯德罗!在那个国家,所有出海的人都会被枪毙。"

"那就是两种可能之一:要么内克罗尔改变了主张,要么他被剥夺了权力。"

"是吗?不过你说得有道理。你看那里,有

五条木船!"

"在沙滩上,有人正把那艘破损的大双体船推下水,里奇戴尔①的双体船。我们不在的时候,那里发生了什么喜事。降落,让-吕克。"

"我尽量吧!"

从我们的高度——至少有1500英尺,很难看清地面。尽管我们的舷窗开着,还是听不到下面的任何声音。但岛上好像到处都在庆祝。人们聚集成一群一群。能分辨出妇女鲜艳的裙子了。那一道道金色的亮光,如果不是照在鼓手和号手古铜色皮肤上的阳光又是什么?

"他们一定是推翻了内克罗尔,否则没有别的理由。"

"可是,与其乱猜,不如降落。老天啊!快降落吧,要知道……你在干什么?"

---

① 欧仁·里奇戴尔(1940— ),法国航海家,1979年获双体船比赛冠军。

99110

词语岛
无花果树路
右边第二个门
（黄色的门）
　　让娜

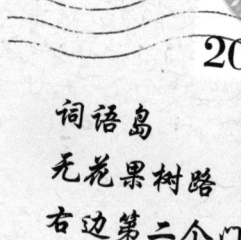

Les Chevaliers du Subjonctif 187

让-吕克扬起双臂：

"我没办法！"

"你以为这样很好玩吗？降落！"

"不可能！"

他用他小小的拳头拍打着仪表盘。

"不可能！不定式岛点燃了那么多欢乐之火，空气的温度都升高了。你跟我一样，都知道热空气能抬升物体。"

"总之，我梦想未灭！一个像你这样的飞行员……"

"面对这样的上升气流，世界上最好的飞行员也束手无策。"

他指着高度表：

"我们又升了 500 英尺。"

"那我们就再也不能降落了？我们被迫飞行？永远飞行？"

"别担心，让娜。欢乐之火总会熄灭的。正如你所知道的那样：幸福不会持久。"

# 法兰西学院院士倾情奉献
# 龚古尔奖得主代表作品

## "语言群岛探秘"系列  海天版 2015年9月

埃里克·奥瑟纳

**语法是一首温柔的歌**
定价：23.00元

**飞越疯人岛**
定价：23.00元

**音符大逃亡**
定价：23.00元

**归来吧！标点**
定价：20.00元

**造词厂惊魂**
定价：23.00元